LA PUISSANCE DES CORPS

Né en 1949, d'origine bretonne, Yann Queffélec s'initie à l'écriture en lisant en secret les manuscrits de son père, le romancier Henry Queffélec. Il entame sa carrière d'écrivain à l'âge de 32 ans, avec une biographie : *Béla Bartók*, et reçoit le prix Goncourt en 1985 pour *Les Noces barbares*. Depuis, il a publié de nombreux romans et recueils de poèmes.

YANN QUEFFÉLEC

La Puissance des corps

ROMAN

FAYARD

AVERTISSEMENT

Certaines péripéties de ce roman (légèrement) d'anticipation ont pu être inspirées de faits réels, survenus à différentes époques. Toute ressemblance avec des personnages, des marques ou des situations existant ou ayant existé serait néanmoins purement fortuite.

© Librairie Arthème Fayard, 2009.
ISBN : 978-2-253-13312-4 – 1re publication LGF

À Servane.

Des reines ont été vues pleurant comme
de simples femmes, et l'on s'est étonné de la
quantité de larmes que contiennent les yeux
des rois.

CHATEAUBRIAND.

1.

Après qu'on l'eut violée pour la troisième fois, Onyx alla consulter Melchior, un devin jamaïcain situé rue Frochot dans un sous-sol en contrebas du trottoir. Il réparait aussi les ordinateurs et renseignait les flics. Elle entra, vit un être chétif devant un écran désert, demanda si c'était bien lui, Melchior, le mage, et voulut aussitôt retrouver l'air de la rue. Je suis Melchior, soupira Melchior, et il fit asseoir Onyx à même le lino marron, là où les clients comme les flics s'asseyaient à tour de rôle et se laissaient prendre au charme du vieil escroc. Il s'assit à l'indienne et s'alluma l'une de ces blanches cigarettes de pétasse au parfum mielleux. Je m'imprègne, dit-il au bout d'un moment, un sourire pâle entre les dents, les paupières baissées, je m'imprègne de vous, jeunesse, après je vous dirai pourquoi vos mains tremblent... Onyx sentit courir sur ses lèvres un souffle doux et froid. Le souffle de Melchior, l'enchanteur mélancolique des mouchards et des filles perdues. Le roi des indics. Fier de l'être.

— Vous avez peur de la nuit, peur des hommes.
— J'aimerais changer.
— En pire ?...

La voix filante de Melchior à peine articulée :

— ... Les hommes, leur faim de loup, leur insondable appétit vous font horreur... Vous avez de bonnes joues.

— Je ne vois pas le rapport.

— Les filles mentalement fragiles ont les joues creuses... Vous avez vingt et un ou vingt-deux ans ?

Le regard lunaire du mage au fond d'un voile de fumée.

— J'en ai vingt-sept.

— Non...

De la cigarette émanait une trouble senteur intermédiaire entre lys et gardénia mûr, et les yeux d'Onyx la picotaient... Elle était fragile des yeux, des paupières, sujette aux orgelets... Elle aurait voulu savoir si Melchior vivait dans ces lieux confinés, sous cet abat-jour vert de lupanar, où il couchait. Sur les étagères s'empilaient des claviers démontés et des paquets de riz.

— ... Non, vous mentez, dit Melchior en hochant la tête.

Il tendit sa main rachitique vers une casserole et fit couler un thé très noir dans des gobelets. Il servit Onyx, la pria de former un vœu, puis de boire à ce vœu qui resterait secret jusqu'au jour où le sort l'en délivrerait, comme disaient les anciens dans sa grande île au sud.

Ils soufflèrent sur le thé brûlant, burent au vœu secret d'Onyx.

— Allons, fit Melchior, parlez-moi du vœu.

— Jamais.

— Je suis plus fort que vous.

Un poids-plume, un mage de rien du tout, un corps décharné dans un tee-shirt pendouillant.

— Je ne dirai rien.

— Je pourrais vous violer.

— Espèce d'ordure ! dit Onyx. Je m'en vais !

Des vagues de chaleur la submergeaient, ce type était répugnant.

— Alors ce vœu ?

— Je n'ai pas envie que vous le sachiez.

— Il vous perdra.

— C'est le sens de ma vie.

— De quoi vivez-vous ?

— Je travaille dans une boutique, j'ai un diplôme de comptable.

— Parlons du passé, je commence...

— S'il vous plaît, non.

— Votre père vous a violée.

— N'importe quoi !

— Votre père est un salaud qui vous a violée.

— Je ne suis pas obligée d'écouter ça...

— C'est votre père, le vœu !

Elle dévisagea pour la première fois Melchior, un homme laid, brûlé, la peau du visage étirée comme du chewing-gum rose, foncée par endroits.

— Troisième degré, dit-il avec un sourire modeste. Un banal retour de flamme sur un bananier, la lanterne de chauffe.

— Elle ne vous a pas raté.

— Nous sommes dix de par le monde à savoir abraser les paliers d'un réducteur au couteau, sur les navires...

Phrase obscure de mécano qui se prenait pour un voyant.

— ... Les autres en bottes fourrées, moi toujours pieds nus, l'orteil capte les énergies éphémères du bateau.

Cet homme était fou ; on se pelait dans son gourbi, mais il avait aux pieds des tongs orange ornées de paquerettes.

Il tira sur sa cigarette et murmura :

— C'est l'oubli de votre père, le vœu.

— J'en ai assez entendu.

— À cause de lui, vous avez besoin d'être battue par les hommes.

— On devrait vous enfermer.

— Battue, mortifiée, violée pour croire à l'amour.

— J'aimerais vous voir mort.

— Vous êtes nombreuses dans ce cas : la peur de la force et le désir de la force, l'envie d'être forcée, puis consolée, radoucie. Oubliez votre vœu, il est négatif, ayez foi en vous.

Onyx se mit à pleurer ; Melchior la fixait à travers la fumée changeante et souriait d'une oreille à l'autre.

— Il est temps d'oublier, je n'ai pas dit pardonner.

— Je garde mon vœu.

— Vous êtes un oiseau tombé du nid.

Il eut un objet mince entre les doigts, une lame noire en jaillit qu'il dirigea vers Onyx.

— Qu'est ce que vous faites ?

— Je m'imprègne de vous... Vos peurs secrètes, je leur donne vie. Que ressentez-vous ?

— J'ai peur.

— La peur de l'oiseau fait saliver la bête.

14

— Ça me soûle, vos formules de gourou !

— Soyez la bête !

— Facile à dire.

— Votre main...

Il retourna la main d'Onyx paume en l'air, posa la pointe du couteau sur le gras du pouce et regarda germer une goutte de sang.

Elle poussa un cri de douleur et porta son doigt à ses lèvres, blême de colère.

— Je pense que je vais porter plainte, immonde pervers. Je pense aussi que je ne vous dois rien. Je pense que vous avez un sérieux problème avec les femmes.

— Gardez cette lame, fit le mage impassible. N'oubliez jamais qu'on est la plaie ou le couteau.

— Vous pouvez vous tromper.

— On est victime ou bourreau. Je ne me trompe jamais.

— Je réaliserai mon vœu !

— Je m'y opposerai !

Onyx repartit dans l'univers, peut-être un peu moins désemparée qu'en arrivant chez Melchior. Elle avait sur elle un couteau noir et ces mots la poursuivaient : inspirez la peur...

Ce fut après cet échange irréel qu'elle s'engagea dans les commandos Greenpeace et fut déposée clandestinement sur le porte-avions *Gallieni*, en 2006, au large de Suez. Il était réformé, rebaptisé *Q 769*, désert, excepté plusieurs gendarmes d'élite installés à la passerelle. Entre l'aviso *Chevalier Paul* et la frégate *Aconit*, il broutait paresseusement la mousse des grosses

15

vagues indiennes au bout d'une longe en nylon, tiré vers Brest à cinq nœuds par un remorqueur de la Ship Decommissioning Industries. Ayant déployé sa banderole Greenpeace en travers du tarmac, Onyx disparut dans le dédale obscur des coursives, attendant l'arrivée à Brest pour filer. Elle roupillait sur une couchette de l'infirmerie quand le colonel Rémus vit pour la première fois son visage à la lumière de sa torche. Au nom de la loi, commença-t-il..., puis il posa deux doigts sur les paupières closes, attendant qu'elles frémissent.

Qu'est-ce qu'il en a à branler, Rémus, de la loi !

2.

Pantalon noir, col roulé noir, anorak noir fourré, chaussures noires, l'attirail du parfait monte-en-l'air.

— C'est quoi, ces cheveux rouges ?

— Pourpre... Ça fait plaisir à mon copain.

— Affreux... C'est tes vrais yeux?

— Du moment que j'y vois clair.

— C'est des faux... Nous allons statuer sur ton sort.

Ils étaient montés à la passerelle du navire et, dans la nuit noire, les étoiles bercées par le roulis semblaient se frotter aux carreaux. Rémus, goguenard, occupait le fauteuil de navigation du pacha, Onyx somnolait entre deux gendarmes en jogging dont l'un mastiquait du chewing-gum. Des matelas épars autour d'eux montaient les respirations des « Chats maigres » – ainsi nommait-on les hommes de Rémus. On les nommait aussi « les hommes de Rémus », un corps d'élite, une vague unité que paraissait n'englober aucune hiérarchie désignée par écrit. Des chats rien moins qu'errants, les ombres mutiques de l'ordre national, tour à tour loi ou nécessité.

— C'est à l'odeur que je t'ai trouvée, dit Rémus, c'est ton parfum sucré qui m'a guidé jusqu'à toi. On n'est pas très furtif, dis-moi, chez Greenpeace.

Il distingua dans les prunelles trop bleues d'Onyx la réponse qu'elle garda sur le cœur : « Vous vous croyez furtifs, vous, avec ce gros tas de boue que vous trimballez d'une mer à l'autre aux frais d'un pays ruiné ? Quatre millions d'euros d'Alang à Brest... »

— Tu es arrivée comment, sur ce bateau ?

— À pied, je veux dire en zodiac, après Suez. Ils m'ont larguée à la coupée.

— Quelle mission ?

— Déployer ma banderole.

— Menteuse.

— La France exporte ses déchets domestiques, c'est interdit par...

— Arrête ces conneries, veux-tu ? *Q 769* est un ancien navire de combat, un matériel militaire, pas un déchet. Il n'y a pas si longtemps, on les immergeait par canonnade, une salve d'honneur. Qu'est-ce que font les Américains d'après toi, ou les Russes ou les Chinois ? Ils les envoient par le fond sans prévenir. Chez nous, on déconstruit les vieux navires et, qui plus est, proprement.

— Baratin, le *Gall'* est une poubelle !

— Un taquet dans ton groin, fillette, si tu répètes ça.

Elle s'excusa. Elle tremblait, le défiait du regard. Mélange de peur, d'énervement, de comédie. Une fille grosse comme le poing, une tignasse de clown... Un chat-crevé-la-sardine, aurait dit Frank en jargon flic. Plus évanescent même que les Chats maigres et plus résistant. Des nerfs à la place des muscles, un trou à la place du cœur, jamais un cri. Ça souffre et meurt sans parler. Ça ne vient sur terre que pour dire non.

— Le procès vous a donné tort, reprit Onyx.

— Ça n'empêchera pas ce bateau de mourir dignement.

Par trois fois le *Gallieni*, devenu *Q 769* après sa revente à l'État français par la Marine, était parti à la casse, au « déchirement », disent les marins. Un premier remorquage avait eu lieu vers les côtes orientales espagnoles, jusqu'au jour où un patrouilleur de la Royale avait croisé l'attelage *Gallieni*-remorqueur en route pour la Libye. Scandale, rapatriement. Un deuxième remorquage expédiait le *Gall'* au large d'Alang, en Inde, cependant que se déroulait à Paris le procès Greenpeace contre l'État français, ce dernier accusé d'exporter ses déchets les plus toxiques. *Q 769* était-il un déchet ? Le Conseil d'État se déclarait incompétent sur ce point, et Chirac ordonnait le retour au bercail du bateau maudit. Le troisième appel d'offres donnait gagnants les Anglais, les tombeurs de Trafalgar et des grands cardinaux. Les Anglais déchirant les bateaux français, on se pinçait.

— Avant, tu faisais quoi ?

— J'étais la fille de mes parents.

— De ton père, menteuse. On a déjà vérifié. Ta mère s'est tirée quand tu es née.

— J'avais cinq ans.

— À voir... M'a l'air bien rembourré, ton anorak pour une fringue honnête... Passe-le à Frank.

De la doublure de l'anorak, le mâcheur de chewing-gum sortit un Blackberry miniature, un coup de poing américain des années 40, une bombe anti-agression, deux tampons périodiques, trois préservatifs à la menthe, un dictaphone Olympus dernier cri, un mini Canon digital, format briquet. Les poches étaient vides à l'exception d'un passeport français au nom de Nadine Planché, d'un paquet de biscuits Traou Mad, de plusieurs mouchoirs et d'un exemplaire de *Cinna* dans la vieille édition Vaubourdolle.

— On a le même dictaphone, dit Rémus en pressant la touche *play*.

D'une voix claire, Onyx exposait qu'elle avait perdu sa lampe torche et qu'elle avait l'impression d'habiter l'infirmerie du navire si l'on se fiait au nombre des lits. Elle évaluait à neuf cents tonnes la quantité d'amiante encore présente à bord, elle situait précisément les protections thermiques des soutes à munitions et à carburant, les gaines entourant les sources de chaleur, les revêtements au sol impossibles à décontaminer sans mettre la tôle à nu. Ces éléments ne manqueraient pas d'alerter l'association des victimes de l'amiante et le comité anti-amiante, tous deux opposés au transfert du bateau. Elle annonçait huit cents photos au flash, dont une centaine montraient les différents vaigrages mortifiés au silicate de magnésium et calcium. Elle espérait enfin que ses potes de Greenpeace trouveraient un moyen pour l'extraire de ce labyrinthe avant Brest.

C'est en écoutant le rapport d'Onyx que Rémus prit à l'instinct plusieurs décisions. 1 : ne pas livrer ce loustic génial aux affaires maritimes ; 2 : garder au secret le dictaphone et l'appareil photo ; 3 : confier à Nadine Planché des missions à la mesure de son talent.

— Rends-lui ses tampons, dit-il.

Il fit pivoter son fauteuil, regarda les étoiles dodeliner sur la mer, vit danser les feux du remorqueur entre deux horizons, puis se retourna vers Onyx.

— T'avais déjà bossé pour Greenpeace ?

— On m'a déposée sur une cheminée. J'ai failli m'envoler.

— Kingsworth ?

— Ça soufflait, là-haut !

— Menteuse !

Une cheminée d'au moins deux cents mètres, assortie d'une centrale à charbon qui vous expectorait ses vingt mille tonnes de dioxyde de carbone au quotidien, de quoi réduire à néant pas moins de quatre cents espèces écologiques, dont la plus nuisible devant l'Éternel à son image – de quoi réduire à néant l'Éternel... Descendue en rappel, Onyx avait pris tout son temps pour taguer de haut en bas le prénom du Premier ministre britannique, SIR MALCOLM... Au sol, les bobbies la cueillèrent et six mois plus tard, défendue par Jim Hamsen, le climatologue prodige de la Nasa, elle ressortait libre du tribunal d'instance avec les félicitations du jury. Qu'avait-elle dit, sinon la vérité ? Que Greenpeace entendait protester contre l'implantation à Kingsworth d'une nouvelle centrale à charbon par Bauer, le numéro un allemand de l'énergie. Qu'avait-elle dit ? sinon que les puissances d'argent s'arrangeaient pour exterminer en douce l'humanité, la pauvresse, aimée des seuls bons dieux.

— T'as fait ça pourquoi ?

— Pour la planète.

— Qu'est-ce que t'en as à foutre, de la planète ?

— Je l'aime bien.

— Elle arrête pas de brûler, de chouiner. Elle pisse le sang, elle pue.

— Justement...

— Tu l'aimes bien... ? Elle est en train de fondre, la mer se barre en vrille.

— On la tue.

— Mais c'est pas ton bébé, la planète !

— C'est tout comme...

— Tu serais pas un peu concon sur les bords ? Alors toi, dès qu'un poisson d'avril a un pet de travers, tu pars lui souffler dans les bronches ?

Onyx fronça les narines.

— Pas que les poissons... Les coqs, les taureaux, les veaux, les vaches... Tous ceux qu'on fait manger pour les manger.

— Tu es herbivore ?

— À peu près...

— Arrivé à Brest, soupira Rémus, je te remets aux flics du coin, ils t'emmèneront paître au commissariat.

— On me relâchera.

— Et après ?... Tu sais ce qui t'arrivera après ? quand ils t'auront relâchée, remise en liberté ?

Elle se mordit la lèvre :

— Je m'en doute.

— Après, t'as la gamme infinie des hasards malencontreux. On n'est plus en démocratie, cocotte, chez nous. C'est fini, Sarko, les petits arrangements... Entre ton dictaphone et ton Black, tes huit cents photos, je vois mal comment tu pourrais échapper aux inté-

22

rêts supérieurs de l'État... Moi non plus, d'ailleurs...
On aura chacun son tiroir à l'institut médico-légal.
On sera tout bleu, tout froid, vachement glamour.

Donnant une impulsion au fauteuil, il fit le tour
des horizons étoilés jusqu'aux prunelles d'Onyx.

— Paneurox, tu connais ?

— Les petits cœurs en viande hachée ?

— C'est ça, les petits cœurs, les petits berlons
des porcelets... Paneurox-France, Notre-Dame-des-
Abattoirs, comme dit l'autre... Eh bien vous allez faire
plus ample connaissance... Autre chose que de partir
à la morgue ou de moisir en prison... C'est toi qui vas
les flanquer sur la paille, les truands. C'est toi, désormais, la loi.

S'ils étaient quelques trafiquants planétaires dont
les yeux s'exorbitaient aux noms de Rémus et Frank,
les bidochards de Paneurox semblaient aujourd'hui
les mieux placés pour leur en vouloir à mort.
Paneurox, siège social à Vaduz, possédait cinq unités d'abattage intensif dans les ex-bassins houillers
lorrains, quelque part entre Saint-Avold et l'éco-
musée des puits Wendel, là ou Maginot avait prévu
d'inonder la trouée de la Sarre en cas d'attaque.

Six mille gorets trépassaient chaque jour, égorgés.
Cochon sur pattes on arrivait à l'usine, les yeux bien
ouverts, les cils battants ; cochonnaille on ressortait
vingt minutes après – langue pendante et paupières
closes, pièces détachées encore tièdes, hures, jambons,
tripes, côtelettes, travers, jarrets, boudin, rien qui ne
fît saliver petits et grands. Dans le cochon, n'est-ce
pas...

Paneurox n'était que le troisième abatteur de cochons d'Europe après la Pologne et l'Allemagne, mais la faute en incombait à l'Office national de répression des fraudes, et donc aux Chats maigres qui, non contents d'assigner les voyous en justice, avaient le toupet de faire appliquer la loi.

« Ne vous étonnez pas qu'ensuite, en France, chez nous, dans notre cher vieux pays » – bramait sur les ondes Martin Martinat, le directeur de communication du groupe pour l'Hexagone –, « eh bien, ne vous étonnez pas si les volaillers se donnent la mort, les pêcheurs de Fécamp vandalisent les celliers des restaurants qui n'achètent pas leur poisson, les artisans chevillards vendent à des cartels alimentaires inféodés à la mafia... Qu'elle soit russe ou de Tombouctou c'est toujours la mafia, le vol organisé, le refus d'engraisser le bétail selon nos méthodes ancestrales, l'honneur de nos paysans... Et je ne sache pas que le porc français ait jamais bouché plus d'artères, et je suis poli, que la sardine le port de Marseille ! Il y avait l'arroseur arrosé, il y a maintenant l'abatteur abattu : bravo, la police française ! Elle a toujours eu un faible pour les gorets ! »

Quant aux bovins, le chiffre publié en 2012 par la très austère Maison des viandes, organisme d'État, était de 3 050 individus refroidis au quotidien chez Paneurox, mais, en 2013, en dépit des efforts de Martinat pour dauber les lignes comptables, il tombait à quelque huit cents individus d'origine française tamponnés Paneurox sous label Vache-joyeuse, marque mythique, cédée par le fromager au bidochard en 2011, un ticket de quatre millions d'euros. Une paille, oui, mais la vache claudiquait, ravalait son rire, demandait pardon, soupçonnée d'ignorer la réglementation européenne en matière de colorants, avec sa mini-languette rouge d'ouverture express. Aussi bien, la vente effectuée, c'était la bagatelle de cent mille fromages interdits ou périmés que Paneurox, dans un geste commercial anonyme, avait daigné transformer en lingots de mozzarella napolitaine, bien suintants et bien frais, estampillés buffalo d'origine, à consommer dans les huit jours. « Quand on est d'une génération d'après-guerre, pleurnichait Martinat, et qu'on a connu les privations, les enfants, on fait la guerre au gaspillage ! » Après quoi le fromage s'était fait chair, bifteck : Vache-joyeuse on entrait chez Paneurox, carcasse on ressortait après vingt-cinq minutes de traitements variés, de sévices génocidaires aux yeux des végétaliens. Prête à satisfaire l'appétit des hommes.

Passé le 11 septembre 2012, à moins que ce ne fût le 10, on n'entra plus chez Paneurox-Bovins que par un seul tapis roulant au lieu des trois qui jusque-là déambulaient jour et nuit. D'où ces cadences déprimées, ces licenciements Damoclès que Martinat se faisait fort, hélas, de rendre « techniques » si l'autorité sanitaire officielle – à savoir la Maison des viandes – l'y contraignait : « Ce sont nos trois abattoirs généraux que la justice a placés sous scellées, déclara-t-il à *La Gazette de L'Est*, dans l'édition du 15 septembre 2012. Un abattoir à cochons et deux abattoirs à jeunes bovins, des établissements dont Greenpeace a reconnu, dans son bulletin mensuel de mars 2011, les méthodes d'hygiène de pointe. On nous reproche quoi ? C'est comme le fisc, vous savez : l'Office national des fraudes agit sur délation. En mai 2012, une personne que nous avions renvoyée pour négligence corporelle, retards à répétition et aussi mauvaise humeur chronique – rappelez-vous notre devise : nous sourions, à la Vache-joyeuse –, cette personne a fait de pseudo-révélations à la police sur nos mises en œuvre d'abattage. La presse s'est emparée du fait divers, vous êtes bien placés pour le savoir, d'ailleurs merci pour ce droit de réponse. Je vous assure que des manchettes comme : PARENTS, VOUS LES EMPOISONNEZ ! font des bleus au cœur. Après, tout s'enchaîne, c'est la spirale, et le principe de précaution que j'étais le premier à défendre est appliqué à tort et à travers, je dirais même sauvagement ! Il faut que la France sache qu'après Vache-joyeuse, Moulinex et l'ensemble du secteur sidérurgiste, c'est de la société Paneurox qu'on veut la peau, la couenne ! Elle est certes coriace, mais il y a des limites... Les Américains se frottent les mains. Chez nous, on adore se tirer une balle en plein cœur, et pour ce qui est de se tirer dans les pattes, on a la timbale. Or, rien de précis, je suis catégorique : cette fille a tout inventé. Pures calomnies ! J'ai même invité nos assureurs et plusieurs journalistes étrangers à visiter ces jours derniers nos installations – des installations modèles, ont-ils écrit dans leurs journaux ou déclaré sur les ondes. Allez donc sur paneurox.com, vous serez édifiés. Il suffit d'une brebis galeuse dans un abattoir, vous savez, pour semer un vent de suspicion fratricide... »

L'interviewer avait eu le malheur de prononcer le mot *bloodygood*, et Martinat avait piqué un coup de sang : « Tout ça parce que cette petite salope de Nadine Planché, je suis bien obligé de dire son nom, est tombée sur un steak de porc trop cuit, dans ce bar à viande que Paneurox n'approvisionnait qu'en médaillons hachés format cœur pour leur menu Bambin.... »

— On va faire du bon boulot, toi et moi. Trouve-toi un matelas. T'as bien mérité de dormir au chaud.

D'Onyx, cette nuit-là, Rémus ne se dit pas qu'elle sentait bon ni qu'il avait envie de la tenir dans ses bras, mais son être charnel absorba son aura. Chaque fois qu'il la vit par la suite, il alla mieux. Il avait besoin d'un agent chez Paneurox, cet abattoir où nos amies les bêtes, malades, vieilles, françaises ou non, retrouvaient des couleurs en mourant, bénéficiant d'un label hors de prix. Il envoya donc Onyx faire un tour là-bas chez Paneurox. Elle était végétarienne, un détail. Tôt ou tard elle mangerait les pissenlits par la racine, elle se rattraperait dans l'éternité.

3.

Le 16 février 2010, planquée bien au chaud dans une chambre d'hôtel à Verdun, Onyx ouvrit son Mac et put balancer à Rémus un mail dont le post-scriptum était :

C'est l'estomac retourné que je mets un point final à ce rapport que vous m'avez extorqué. Sachez que je ne retravaillerai jamais pour vous. Je me vengerai, je me venge toujours. Je n'ai pas compté les fois où j'ai vomi en écrivant ce mail. Je préfère être ballottée toute ma vie dans les boyaux d'un porte-avions sans lumière comme le *Gallieni* plutôt que revivre une minute dans cet enfer de merde où vous m'avez envoyée. Entre nous, je pense que vous avez un sérieux problème avec les femmes, comme tous les hommes que j'ai connus.

NOTES DESTINÉES
À FACILITER LA COMPRÉHENSION DU TOUT

Je vais essayer d'expliquer ici comment, en 2008, Martinat s'est servi de la récession pour ruiner les bouchers de l'est de la France. En transformant les abattoirs Paneurox en centrale d'achat obligatoire, il est devenu un grand distributeur aux marges bénéficiaires opaques. C'est plus de huit cents artisans franchisés qu'il a ruinés, se faisant passer pour un petit saint rendant service aux autres.

Je suis arrivée chez Paneurox le 3 novembre 2009 par la forêt. Le car m'a laissée à deux kilomètres des abattoirs. En marchant au hasard, je suis tombée sur des barbelés. J'ai cru que je m'étais trompée. Devant moi c'était comme une ancienne usine où l'on aurait fabriqué du silence, une suite de hangars en rondins passés à l'autoclave sous un ciel caca d'oie. J'ai franchi les barbelés pour y voir de près. Les hangars n'avaient pas de fenêtres, mais en grimpant sur le côté j'ai pu jeter un œil par la grille d'aération. Une lumière violette à l'intérieur et je dirais un grouillement continu de petits oiseaux en train de se rassurer les uns les autres et d'avoir peur sans fin. Avec ça, une musique d'église à périr d'ennui. L'odeur était chaude et suffocante, un goût de poussière humide avec des relents d'ammoniac. Au début, je ne distinguais rien puis quelque chose, et ce quelque chose je l'avais déjà eu sous les yeux un soir que mon père avait tenu à m'épouvanter. Il m'avait jetée dans le vivier à crustacés du mareyeur, un bassin rempli de homards. Ma frousse fut telle qu'elle me fit tomber les cheveux, les cils et les sourcils la nuit suivante. Chez Paneurox ce n'était pas des crustacés, mais des poussins par milliers, tout un horizon de poussins violets dans cette pénombre mauve, à perte de vue. Une porte s'est ouverte et la lumière du soir est entrée à flot. Deux types bavardaient sur le seuil, à même pas dix mètres de moi. Celui qui portait des bottes rouges était Martinat : on ne peut pas le rater, ce petit gros, avec sa mèche en travers de la figure et son rire nasal. Il faut savoir que le deuxième type bégayait. L'un bégayait, l'autre ricanait :

Leur conversation, sans les bégaiements.

— Je sais pas ce qui se passe avec le thermostat, a dit Martinat.

— C'est vrai qu'on crève, ici.

— On pèle de froid, oui. Les volailles vont toutes y passer, il y a déjà des victimes. C'est maintenant ou jamais. Vous les chargez, vous en faites ce que vous voulez, je vous connais pas, on se quitte bons amis. C'est vous, l'expert.

— Qu'est-ce qu'on entend ?

— Le *Stabat Mater*, de Pergolèse, c'est ma mère, à l'harmonium, qui joue. La musique adoucit les mœurs des poulets en phase terminale. Elle aime beaucoup jouer pour eux. Alors, toujours preneur ?

— Je peux voir le thermostat ?

— Faites. C'est au bout du hangar, de l'autre côté. Trouvez la panne et je vous paye un canon.

— Et comment je vais passer, avec toutes ces bestioles ?

— À pied.

— À coups de pied, vous voulez dire ? Elles ne vont guère apprécier.

— Ça ne mord pas. Rappelez-vous que la dentition des poulets met systématiquement les dentistes au chômage.

— Je risque d'en écraser.

— Écrasez, mon vieux, écrasez, je vous prête mes bottes. De toute manière, ils ne sont plus aux normes du Comité national.

— Qu'est-ce qu'ils ont ?

— Rien... Juste une histoire de label... On les a un peu boostés pour qu'ils tiennent le coup à basse température, et malgré ça ils meurent en pagaille, les canaillous ! ils attirent les rats. Ils ont plein de rats dans les pattes, c'est ça qui les rend fous.

— Et vous croyez que je vais acheter cette daube ?

— Au prix où est le beurre ! Si vous les prenez, je vous les abats dans la soirée et je vous fais encore une remise.

Le bègue a tourné les talons. Martinat l'a suivi.

Je suis restée seule avec cette mer de poulets violets sous les yeux et dans les oreilles. Ça m'avait l'air de petits oiseaux nouveau-nés tout juste capables de pousser leur cri.

En redescendant, j'ai entendu les chiens. J'ai voulu repasser la clôture, mais un vigile m'est tombé dessus. J'ai montré le certificat médical attestant que j'étais muette à la naissance, et ma lettre d'embauche comme ouvrière au convoyage ; j'ai dit que je m'étais perdue. Le type m'a amenée à Martinat qui n'en avait rien à branler, des ouvrières au convoyage du service départemental et des muettes encore moins ! Je ne crois pas qu'il m'ait regardée une seule fois. Le soir, je mangeais du poulet pané au réfectoire avec les autres ouvrières de la section bovine. Que des étrangères. Au dortoir, on était dix par chambre. Partout c'est la forêt sans l'odeur des bois. Ça sent la bête, ici, la bête encore chaude.

LE CONVOYAGE. C'est quand on amène les animaux de stabulation au piège de tuerie. On a un aiguillon électrique pour les faire avancer. À Paneurox, il y a les installations que l'on montre aux visiteurs, et puis les autres auxquelles n'ont accès que les personnels d'abattage étrangers, ouvrières et bouchers dont aucun ne parle français. Il est interdit de s'y rendre sans autorisation. Elles sont clôturées et surveillées par des équipes de vigiles armés, de chiens aux dents longues.

En arrivant à Paneurox par l'un des chemins en dur, on a d'abord les bâtiments administratifs sur une place en fer-à-cheval. Au centre, un parterre de bégonias ; au milieu du parterre, la statue d'un bœuf géant

34

sous le ventre duquel jouent cochons et poulets. Les bâtiments sont blancs, fonctionnels, de construction récente (2009), à un étage. On y pénètre avec un passe électronique, ustensile que j'ai mis deux mois à me procurer. L'autre voie en dur, la voie Maginot, à l'est, est empruntée par les bétaillères.

CE QUE J'AI DÉCOUVERT EN BIDOUILLANT L'ORDINATEUR DE MARTINAT : c'est la mégadépression, une crise générale du pouvoir d'achat. Des masses d'argent public sont débloquées pour encourager l'élevage intensif et casser les prix du marché. Dans l'Est, aussi bien les maraîchers que les producteurs de porcs, poulets et œufs, ne joignent plus les deux bouts. Ils sont incapables de soutenir les conditions proposées au public par des concurrents subventionnés Paneurox. Martinat simule une proximité avec eux. Il a les coudées franches pour appliquer son programme d'expansion. Il rachète au plus bas les exploitations en difficulté, bétails et terrains, qu'il remembre et rattache à la zone active des abattoirs. Pire : il prête un peu, dépanne et attend la faillite des producteurs ; quand ils ne peuvent plus payer leur électricité, il fait une offre. Il envoie ses vétérinaires constater que les chambres froides ne réfrigèrent plus, que les étables chauffées sont tapissées de gelée blanche par le souffle des porcs, que des troupeaux entiers claquent des dents, assommés par l'angine de poitrine. Avant discussion, l'offre consiste à exiger des éleveurs un dédommagement dit « de place nette ». Les cochons avariés sont déménagés, mis en quarantaine à Paneurox, bourrés d'antibiotiques, gazés tels quels et transformés en corned-beef, avec leurs ganglions gorgés de pus, leurs ulcères, leurs abcès, leurs ascaris et leurs ténias, leurs chairs cyanosées. On arrose le tout de suif de bovin, on conditionne, et ce sont des centaines de boîtes jaune et rouge en forme de temple inca (*made in China*) qui se vendent en supermarché pour un euro cinquante pièce. On lit sur les boîtes : corned-beef « chair de bœuf et cochon nés, élevés, abattus en France ».

La vérité. Une vérité malade à crever.

De 1986 à 1990 : scandale de la vache folle. La bête a consommé de la farine animale non suffisamment chauffée pour éliminer les prions, agents de l'encéphalopathie spongiforme bovine (ESB), transmissible à l'homme. Chez Paneurox, tout ce qui est animal mais non mangeable par le client est récupéré soit pour l'industrie pharmaceutique (cordon ombilical, ovaires, utérus, glandes mammaires), soit pour l'alimentation des bêtes. On appelle ce complément nutritionnel le cinquième quartier du bovin, pêle-mêle de viscères et d'abats. Il est chauffé, déshydraté, micronisé, et sert de complément protéinique à la ration des bêtes. Ces farines sont entreposées sans grande précaution dans des silos.

De manière inexplicable, après 1984, les laboratoires pharmaceutiques n'achetaient déjà plus les organes reproducteurs des vaches, ni les cordons ombilicaux. Les sous-traitants et médiateurs s'étaient volatilisés. Farinor, filiale de Paneurox, expédiait annuellement six mille tonnes de farines et n'aura cessé sa production qu'en 1990, sur fermeture administrative. Même ensuite, les stocks d'invendus ont continué d'approvisionner les exploitations brésiliennes. Martinat parle fréquemment dans ses courriels à Farinor d'un certain Ange qui cherche à foutre la merde. Il propose de se voir sans tarder...

Je me suis renseignée : Ange Herbert était boucher-charcutier-traiteur à Metz jusqu'en 1992. Tracassé deux années durant par les services fiscaux et sanitaires, il a dû jeter l'éponge. Paneurox a racheté l'établissement en 95. À la même époque, Ange Herbert est mort et *La Gazette de l'Est* s'est fait l'écho du décès : « UN BOUCHER SE SUICIDE EN ESSAYANT DE PÉNÉTRER DE NUIT AUX ABATTOIRS PANEUROX ». L'auteur de ces mots, un pigiste, aurait été mis à pied après s'être fait incendier en conférence de rédaction. Il prétendait qu'Ange Herbert avait été descendu par un vigile qui lui aurait dit avant d'ouvrir le feu : Si tu fais un pas, c'est du suicide...

Il semblerait qu'un vice de traçabilité, rendue obligatoire en 86, soit à l'origine du premier litige entre Paneurox et Ange Herbert. La couenne d'un bovin, officiellement d'origine brésilienne, aurait porté le sceau d'un éleveur anglais : preuve d'un trafic d'animaux que les Britanniques s'étaient vus condamnés par l'Union européenne à retirer du marché. C'est informé par Ange Herbert que *Le Canard enchaîné*, dans son édition du 10 avril 2003, aurait accusé la maison Paneurox d'être un asile de vaches folles.

Après 90, la mention obligatoire de la traçabilité sur les viandes inquiète Martinat. Il crée ses propres labels, qu'il faut savoir interpréter :

Bovins abattus en France : en fait tout bœuf, vache ou taureau d'importation inconnue, dont on ne sait quelle alimentation il a reçue chez des éleveurs soumis à des règlementations moins strictes qu'ici, vraisemblablement acheteurs de farines à risque vendues par Martinat.

Filet premier choix : vache type lait, née, élevée, abattue en France, le « type lait » désigne la vache laitière ou allaitante. C'est une vieille carne d'au moins dix ans, quand elle arrive à l'abattoir. Une bête dite « de réforme ». Toute sa vie on l'a piquée aux stimulants protéinés pour développer les tissus conjonctifs. Plus il y en a, plus la viande est coriace. Martinat dit qu'il n'en donnerait pas à manger à ses enfants, s'il en avait.

Filet taureau premier choix : bête née, élevée, abattue en France : animal reproducteur, le taureau n'est envoyé à l'abattoir qu'en toute fin de vie. Mêmes défauts que la vache laitière. Piqûres aux stimulants, vieillesse, dureté des tissus, chair intoxiquée par les chimies inoculées.

Jeune bœuf né, élevé, abattu en France : jeune bovin signifie taurillon. S'il est abattu, c'est par nécessité. La viande est trop jeune, insipide. C'est l'inconvénient des bêtes américaines ou britanniques Angus, Hertford, que l'on abat à dix-huit mois. Il faut compter au moins trente-six mois avant que les qualités de goût et de tendreté soient pleinement développées. L'objectif de ce label frauduleux permet de satisfaire aux exigences de rendement journalier fixées par Martinat. Les chiffres mensuels d'abattage, en augmentation régulière, sont les créances qu'il fournit à

ses trois banques : le Crédit agricole, la Banque
populaire et la BNP, en gages de solvabilité...

Onyx se lâchait, après ce dernier paragraphe. On
ne savait pas si c'était de l'humour, le délirium, ou un
début de vache folle qui la faisait écrire avec le plus
grand sérieux :

Une végétalienne aux abattoirs : il faut être un pervers de flic pour envoyer une végétalienne marner ici.
Deux fois par jour, obligée d'avaler du porc ou du
poulet que je m'en vais gerber dans les bois. Si les
filles parlaient français, je serais convoquée à la direction. Ça paraîtrait suspect qu'une idiote habituée à
mâcher du foin comme les ruminants vienne patau-
ger dans un tel charnier. Vous avez bien fait de me
couper la langue M. l'agent !

4.

17 février 2010
Transcription par clé USB des messages que Martinat a négligé d'effacer dans la mémoire de son Black.

CERVELAS 2008.
Courriel de l'UPSV, Union professionnelle suisse de la viande :

7 décembre 2007,
De : buttiker@wanadoo.sw à martinat@paneurox.com

Cher Monsieur Martinat,
Notre saucisse nationale est en danger. Depuis quelque temps, le cervelas, ce boudin rose de 12 centimètres de longueur et 3,8 centimètres de diamètre, consommé chez nous à 160 millions d'unités par an, défraie fâcheusement la chronique. Il se raréfie. Pourquoi ?
C'est que le zébu brésilien – dont le boyau sert d'enveloppe à ce pilier de notre culture gastronomique, assurant à la fois sa courbure et sa fermeté caractéristiques, son croquant – ne nous parvient plus. La fautive, vous le devinez sans peine : l'Union

européenne, dont la Suisse n'est pourtant pas membre. Eh oui, depuis le 1er avril 2006, vache folle oblige, Bruxelles interdit à la vente nos fidèles zébus. Imaginez une pénurie de cervelas durant l'Euro de football 2008 ! Comme j'ai pu le dire hier lors d'une conférence de crise réunissant la communauté scientifique et des membres de l'Office vétérinaire fédéral, on serait comme des pompiers sans leurs tuyaux, et même sans feu !

Cherchant une alternative à la membrane de zébu, je me tourne vers vous, car je vous sais patriote. Auriez-vous à Paneurox des bovins d'Uruguay dont le boyau peut tout à fait convenir à notre infortunée saucisse ? Je serais également preneur en quantités industrielles de porcs chinois, jeunes, car leurs membranes se comportent bien à la cuisson, même difficiles à peler.

Ouvert à toute solution et faisant confiance à la diligence de vos services, je vous prie d'agréer, cher Monsieur Martinat, l'expression de ma profonde cordialité,

Rolf Büttiker,
sénateur du canton de Soleure,
président de l'Union professionnelle
suisse de la viande.

10 décembre 2007

De martinat@paneurox.com à buttiker@wanadoo. sw

Cher Monsieur Büttiker,

J'ai pris langue avec mes collègues britanniques et je puis vous garantir que le marché du zébu est loin d'être aussi déprimé que vous le déplorez. Nos amis anglais, également très portés sur la saucisse, tiennent à notre disposition, dans le Sussex, un magnifique stock de bovidés brésiliens contrôlés par des vétérinaires de l'État, mais aussi de Paneurox – je ne fais confiance qu'à mes propres experts.

Les délais d'acheminement sont tels, ajoutés aux lenteurs administratives, au calendrier d'abattage, que l'opération ne me paraît pas rentable. Il y a aussi les vautours de la spéculation qui se tiennent à l'affût depuis qu'ils savent la Confédération helvétique intéressée par ce qu'ils appellent leur « gisement de zébus », animaux qu'ils n'osaient pas exploiter, vu la paranoïa sanitaire ambiante.

Rassurez-vous : nos laboratoires ont découvert le mois dernier une substance à base de collagène, le *collabox*, obtenu à partir du tissu conjonctif des porcs. Ils peuvent sans inconvénient collatéral gainer vos saucisses alimentaires, cervelas et autres. Nous serions évidemment obligés de vous facturer l'ensemble de chaque animal que nous abattrions pour vous.

J'attends de vos nouvelles,

Cordialement vôtre,
Martinat.

10 décembre 2007 – 17 heures

De martinat@paneurox.com à kettelwellsfarm@hert.en

Hello, Mike,
A great nouvelle for you, my dear fellow. Laisse tomber ton plan Birkenau pour tes bestioles. Les Suisses,

très portés comme vous sur la saucisse, sont en rupture de capotes fines pour leur cervelas. On va leur en fournir. Ils veulent du zébu brésilien. C'est du caprice. On leur fourguera tes mammifères, Paneurox les débitera, livrera les boyaux naturels et d'autres en collagène. Il nous faut bien sûr du label brésilien et le certificat de transport maritime, sans compter les tampons douaniers. C'est assez urgent. Ça promet une sortie de crise hilarante. Et nous devenons, sous le manteau, les bienfaiteurs de la saucisse helvétique. Une belle cause !

Kisses,
Yonel.

Les boyaux anglais sont bien parvenus en Suisse, mais je n'ai pas eu le temps de transférer les mails sur ma clé. Paneurox est en procès avec la Confédération, car les membranes ont brûlé sur les saucisses tandis que d'autres se sont avérées impossibles à mastiquer. Les avocats de Paneurox soupçonnent les British d'avoir pu duper leur client qui plaide coupable en précisant qu'il a voulu rendre service à nos voisins francophones.

Voilà. Je suis malade. J'arrête là pour ce soir.

5.

18 février 2010

Ras le bol de ce job. Je ne veux plus jamais entendre parler de vous. Ceci est mon dernier mail.

La viande est la chair qui se mange à la table des humains. Le mot vient du latin *vivanda*, ces nourritures dont l'homme pense avoir besoin pour vivre. Pour vivre, il faut tuer. Pour bien manger, il faut manger la mort d'un être vivant. Hannah Arendt a écrit : « Une pitié animale assaillit tout homme au spectacle de la souffrance d'autrui... » Cette pitié, comme on dit, lui donne la nausée. Sinon, on peut penser qu'il mangerait plus souvent son semblable. Dans ce domaine comme ailleurs, l'habitude commence avec la première fois. Voir *Anthropophagie*.

La viande, au sens noble, est le tissu musculaire associé à du gras. L'abattoir est le lieu où l'on tue les bêtes. Au Moyen-Âge, on appelait tuerie ce lieu d'abattage. La corporation de la Grande Boucherie, la plus puissante association de bouchers, très courtisée par les rois, avait sa tuerie publique sur le parvis de Notre-Dame, là même où le chef de la communauté juive recevait la gifle de l'évêque de Paris pour reconduire le bail des siens. Les couvents avaient aussi leurs tueries, à Paris ou en province. À la Révolution, l'habitude se prit de tuer les bêtes à proximité des boucheries. Des flots de sang et de viscères encombraient les rues. C'est Napoléon qui, par décret, ordonna en 1810 la création d'abattoirs à la périphérie de Paris. Puis les tueries furent remplacées par l'abattoir général de la Villette, le 1er janvier 1867. Dès leur création, les abattoirs sont classés établissements insalubres de première catégorie. L'abattage des porcs est exceptionnellement autorisé chez les particuliers dans un lieu clos, séparé de la vie publique. Cette tradition perdure en Auvergne sous le nom de « tuaison ».

L'abattoir est donc ce temple de mort où la chair vive de l'animal non humain est progressivement modifiée, transformée en viande alimentaire.

On se procure de la viande à la boucherie. Autrefois, les devantures de ces boutiques s'ornaient d'une tête de bœuf ou de cheval peinte en rouge-sang. On se procurait la viande porcine à la charcuterie et les abats à la triperie. La dépression financière de 2009 a remis les abats au goût du jour.

Depuis la création des abattoirs, les bouchers voient d'un mauvais œil se présenter les inspecteurs de l'État dans les murs des tueries. Qu'on laisse faire à leur guise les professionnels.

En 1890, la loi a autorisé les abattoirs intercommunaux. Paneurox est d'une part une tuerie intercommunale, de l'autre une usine de conditionnement des viandes au détail, sous emballage étanche, destinées au public. Cette usine jouit en outre d'un statut européen. Les inspections y font doucement rigoler. Aux inspecteurs et aux agents du Trésor, aux vétérinaires et autres jeunes entrepreneurs, on montre ce qu'on veut bien montrer.

On a créé les abattoirs à la fin du siècle des Lumières. La notion de péché, de crime alimentaire agitait déjà les consciences. On ne voulait plus voir ni entendre l'agonie des bestiaux, ni croiser toute cette mort dans les rues. Pollution morale, sensorielle, mais également souci d'hygiène publique. À la périphérie des villes, on peut abattre en douce les animaux peu sains. On maquille les morceaux, on les revend à bas prix sous le nom de viande foraine. Ce que fait Paneurox en 2009, mais au prix fort, sous son label « Vache-joyeuse, premier choix ».

À l'origine, un abattoir comprenait échaudoir, triperie, fondoir.

Échaudoir : dix mètres sur cinq. C'est une casemate à double entrée avec système d'évacuation des viscères.

Triperie : Local de récupération et de traitement des abats.

Fondoir : Local de récupération des graisses destinées à la fabrique de bougies.

Comment ça se passe, pour l'animal ? En 2009, le boucher achète la bête à l'éleveur sur le marché au vif, où il se rend directement, et sélectionne un individu sur pied. Celui-ci est alors étiqueté. Provenant du marché au vif, les animaux sont rassemblés sur les bouveries, dans l'enceinte des abattoirs. Ils sont mis en stabulation. C'est le repas du condamné à mort. Le bœuf doit déstresser avant de décéder ; il doit n'avoir jamais été aussi serein qu'au moment de quitter le plancher des vaches, son plancher. S'il n'a pas bon moral en trépassant, la viande sera immangeable. Chaque animal a son *curriculum vitae* résumé sur une marque auriculaire apposée à la naissance. Il subit alors une inspection *ante mortem*. La loi du « paquet hygiène », entrée en vigueur en 2006, fait obligation à l'éleveur d'apporter aux abattoirs des bêtes propres, puis de laver et désinfecter leur camion devant témoins.

Au jour J, on prend place sur un tapis roulant pour être conduit vers le « piège de tuerie ». Animaux et personnels n'empruntent jamais les mêmes couloirs, pour des raisons de sécurité et d'hygiène. Le bovin est immobilisé dans son piège, anesthésié d'un coup de pistolet à projectile actif qui détruit le système nerveux central : d'où les mouvements désordonnés et la tétanie des muscles à la réouverture du piège. Le pistolet remplace le merlin, cette pièce de métal pointue qui, jadis, pénétrait l'os frontal jusqu'au bulbe rachidien.

On procède éventuellement aux saignées rituelles selon que la viande doit être hallal ou casher. L'abatteur pratiquant l'abattage rituel est doté d'un piège rotatif qui permet de s'orienter vers La Mecque ou vers Jérusalem. Le rituel hallal (musulman) veut que l'animal regarde vers La Mecque avant égorgement. Dans le rituel casher (juif) il regarde vers Jérusalem. Le sacrificateur déclenche la rotation du piège et le bovin, pieds en l'air, aura la tête bloquée dans la direction voulue. Le sacrificateur place un couteau sous la gorge de l'animal et l'on procède à la saignée. Les personnes opérant la saignée ont tous reçu un enseignement religieux. Ensuite a lieu la fouille des poumons et autres viscères. Toute anomalie se traduit par la disqualification de la carcasse à titre religieux. Pour autant, elle n'est pas consignée par les vétérinaires, gardiens de la santé publique.

Pas d'abattages rituels chez Paneurox, mais rachats massifs de carcasses disqualifiées.

SAIGNÉE : l'animal anesthésié est suspendu, saigné au niveau des carotides. Le sang arrivé grâce aux battements du cœur est récupéré dans une cuve et non plus jeté à la voirie. Après quoi, l'animal est cliniquement défunt. Avec le sang des volailles, on fabrique la sanquette, plat très apprécié chez Paneurox. Monsieur Martinat explique, lui, qu'il *valorise* aussi le sang des bovins pour l'alimentaire.

COUPE DES PATTES ANTÉRIEURES : on les sectionne après la saignée, quand l'animal ne donne plus signe de nervosité. La carcasse est ainsi moins encombrante et les sabots sales ne souillent pas la chaîne de montage.

TRAÇAGE DE LA PEAU : l'opérateur, muni d'un couteau pointu, trace la peau du bovin pour mieux pouvoir l'ôter. Il ligature le rectum afin que le contenu de l'intestin ne sorte pas. Un autre opérateur trace la mamelle, s'il y a lieu. Une fois les deux pattes antérieures dépouillées, l'animal est suspendu à des crocs.

CUIR : l'étape suivante est l'arrachage du cuir. Les deux arracheurs l'effectuent par traction. La peau deviendra cuir ou gélatine.

ÉVISCÉRATION : au plus tard quarante-cinq minutes après la tuerie. Au-delà, les intestins deviennent poreux.

ABATS BLANCS : tripes, intestins, panse sont retirés. Les intestins sont détruits à la demande des vétérinaires. Les panses subissent deux échaudages : le premier les lave du contenu digestif, le second les cuit pour l'alimentation humaine ou animale.

ABATS ROUGES : poumons, cœur, reins, langues, rates, foies. Mangeables, ou déclarés douteux et détruits.

MOELLE : depuis la vache folle en 1993, la moelle épinière est aspirée puis incinérée.

ÉMOUSSAGE : c'est l'opération par laquelle on retire le suif de l'animal. Chez Paneurox, on le revend aux chantiers navals pour la mise à l'eau des navires. Les milliers de tonnes de suif qui servirent à graisser la cale de lancement du porte-avions *Clovis*, en 2012, provenaient des laboratoires Paneurox.

INSPECTION POST MORTEM : la carcasse est déclarée propre à la consommation lorsqu'elle est estampillée par les services vétérinaires. Une fois estampillée, la carcasse est mise en « ressuage », c'est-à-dire portée à la température de quatre degrés en vingt-quatre heures. On prévient ainsi le choc thermique ou cryochoc, fatal à la tendreté du tissu.

ESB : tout abattoir à bovins a son laboratoire. On y analyse l'*obex*, petit morceau du bulbe rachidien en forme de V. Test positif : le manque à gagner est de deux cents euros la tonne. La destruction des carcasses est assurée par l'interprofession. Pas de dépistage ESB pour les veaux, mais principe de précaution : on incinère les intestins, la rate et les yeux. Pas de fiche individuelle non plus. Comme ils sont sensibles au stress et pleurent beaucoup, on asperge les veaux par brumisateurs dès leur arrivée à l'abattoir. L'eau fraîche a des vertus apaisantes. Ondinisme des veaux.

Chez Paneurox, on abat aussi les PORCINS. Ils arrivent à l'abattoir quand ils atteignent un poids d'au moins quatre-vingts kilos. Paneurox les abat à partir de soixante-dix. Ils ont un numéro d'élevage tatoué sur le flanc. Ils sont d'abord anesthésiés par étouffement au gaz carbonique, appelé aussi « abattage sous atmosphère contrôlée ». On pratique aussi l'électronarcose, comme on fait pour les oies et les poules. L'électronarcose entend bien sûr ne pas être une électrocution de type Caryl Chessman ou époux Rosenberg. C'est un procédé générant une sensation d'étourdissement, suite à la traversée du cerveau par le courant électrique.

ABATTAGE DES VOLAILLES : les oiseaux sont enlevés de nuit chez les éleveurs pour limiter leur stress. Ils arrivent dans des cagettes. La salle de travail est plongée dans une lumière ultraviolette. Les volailles sont pendues par les pattes arrière. Éblouies, elles vous regardent comme elles ne vous regardent jamais dans la vie : d'un côté les volailles, de l'autre les humains ; elles vous regardent comme si on était tous sur le même bateau – l'Arche de Noé. Pareil d'ailleurs avec les cochons : j'ai croisé des regards de cochons partant à la mort comme si on avait grandi ensemble à une époque où on était tous égaux et de même langage...

On incise les volailles, on récupère le sang, on mouille les poules à cinquante-deux degrés pour faciliter leur plumaison. Les canards, eux, sont échaudés à soixante-dix degrés. On les plume, on immerge les carcasses dans la cire chaude pour éliminer toutes traces de plumes, puis on éviscère et on stocke à quatre degrés...

Suivait aussi, provenant toujours du PC de Martinat, la recension d'un esprit dévoué à l'efficacité :

PROBLÈMES ET RÉSOLUTIONS

PROBLÈME : Les pattes des poulets gavés se tordent ou vrillent sous leur poids.

YAKA : Consolider les pattes au moyen d'attelles jetables. On peut récupérer à l'œil le kevlar des Airbus désossés en Indre-et-Loire. On peut aussi couper les pattes invalides, élever des poulets sans pattes. On peut les caler sur des claies à fromage, avec des rainures pour le passage des fientes.

PROBLÈME : Anémie graisseuse du dindon. Les injections d'hormones gonflent les chairs autour du bréchet, rendant aléatoire l'union sexuelle directe. Les organes génitaux n'entrent plus en contact et les dindons hystériques se branlent sur le plumage les uns des autres.

YAKA : Leur couper les burnes.

YAKA *bis* : Inséminer. On l'a bien fait pour ma femme et moi quand elle a porté le fils de l'homo.

PROBLÈME : Les veilles d'abattage, les poulets entassés dans les hangars s'attaquent à mort dans l'obscurité.

YAKA : Leur sectionner le bec à la scie sauteuse. Risque de névrite des narines. Yaka leur arrondir le bec à l'acide sulfurique. Risque d'érosion pulmonaire. Yaka raréfier l'oxygène les veilles d'abattage. On appellera ça : « flapir la camelote ». Yaka trouver une substance pour ramollir les becs.

PROBLÈME : Les inspecteurs du service départemental ont ouï dire que le cheptel anglais bénéficiait chez nous d'un droit d'asile politique et que Paneurox n'était pas trop regardant sur les documents fournis par les courtiers brésiliens.

YAKA : S'entourer de femmes vétérinaires sexy, disposées à boire des mojitos avec les inspecteurs en fin de journée.

Le rapport d'Onyx s'arrêtait là. Elle n'avait même pas songé à l'envoyer à Greenpeace.

6.

Le 5 avril 2013, Martinat découvrit le rapport d'Onyx sur internet, un message anonyme à large diffusion que tous étaient priés de diffuser à leur tour. Il réunit sa garde rapprochée et dit : Trouvez-moi le meilleur moyen d'emmerder l'État français. Je veux que tout soit réglé d'ici la prochaine audience au tribunal, on a deux mois. Il ajouta : il y a du poulet derrière, il y a toujours du poulet... Trouvez-moi l'enculé de flic qui joue les zorro-lave-plus-blanc. Il me prend pour la moitié d'une merde ! Il me fout un hameçon dans le cul pour attraper de la friture ! Eh bien, c'est moi qui vais l'attraper, lui faire manger ses couilles ! Trouvez-le...

D'une chaise roulante une voix de stentor s'éleva. Une grosse et vieille femme à chignon gris fer, des hublots noirs sur les yeux, réclamait la parole.

— Il s'appelle Rémus ! vociférait-elle.

— Comment tu le sais, maman ?

— On a la même esthéticienne, avec sa poule... La femme du ministre Pujol.

— Une femme de ministre avec un flic, tu ne pouvais pas le dire plus tôt !

— C'est maintenant que je l'apprends, andouille !
Ça date d'hier quand j'étais à Paris... C'est des cloi-
sons en feuille de riz à l'institut... J'entends tout ce
qu'elle raconte pendant les soins.

— Et qu'est-ce qu'elle raconte, maman ?

— Elle raconte que... Je parle pas quand on m'écoute
à plusieurs... J'ai besoin d'intimité... Avec mon fils.

— C'est bon, les gars, on s'arrache. Laissez-moi
seul avec maman.

7.

Rémus était en train de flanquer la pâtée au professeur de tennis du Trez-Hir quand sa jeune épouse entra sur le terrain, poussant loin devant une grossesse de poupée. Élyane allait accoucher dans... Elle pouvait accoucher à tout moment. Elle avait l'air tombée d'un astéroïde, un personnage de boîte à musique, une femme-enfant qui s'endormait le pouce au bec. À peine étonné, Rémus la regardait avancer en canard à sa rencontre, frêle silhouette vacillante. Du rouge volait sur ses pas dans l'azur brûlant. Il avait quelque chose à lui dire aujourd'hui. Elle aussi, visiblement. Comme il allait frapper un retour croisé à la figure du prof monté au filet, il vit rouler un objet noir entre ses pieds, son Black, le dernier cadeau d'Élyane ; il faillit l'écraser.

— *Elle* vient d'appeler, dit-elle à voix douce, tu *lui* manques.

Il se pencha et reçut un violent coup de tatane au poignet. Le téléphone ricocha sur plusieurs mètres, aussi menaçant qu'une grenade dégoupillée.

Qui vient d'appeler, se demanda Rémus, quelle femme à part la sienne a son numéro confidentiel ? Un détail aux yeux d'Élyane, archicapable d'inventer une femme, ou la voix d'une femme, ou le souffle d'une femme pour donner consistance à la jalousie qui lui mord les nerfs, changeant la fillette au cœur pur en vieux poissard bourrelé d'amertume, ayant bu toute honte et féminité.

Donc, *elle* venait d'appeler...

— Popeye, lança Rémus, descends de là, maintenant.

Assis à l'ombre sur la chaise d'arbitre, un garçon d'environ huit ans semblait ne rien voir, ne rien écouter. Il avait emprunté ses Ray-Ban à Rémus et se confondait à l'ombre autour de lui. On l'appelait Popeye, on aurait pu l'appeler Lynx ou Manga pour symboliser d'un mot les yeux ronds qu'il ouvrait soudain, comme s'il voyait à travers les choses, les instants. Et, l'appelant Manga, Popeye ou Lynx, on esquivait le nom providentiel dont l'avait jadis orné Myriana la nomade, sa mère, aussi rebutant pour un gosier latin que le Rumpelstilzchen du gnome danseur des frères Grimm. On l'appelait aussi Wali, son surnom afghan.

— La mer va baisser, Popeye, dépêche-toi... Tu ramasseras mon Black, s'il te plaît.

— Qu'il essaye un peu, dit Élyane, qu'elle essaye un peu, la chiure...

Rémus fit un pas en direction du Black, mais quand il se pencha pour avancer la main il reçut un coup de pied dans le genou, là où la balle piaulante du Taliban sans visage lui avait fracassé la rotule.

La douleur l'aveugla, il faillit s'étaler.

— Écoute, Élyane, fit-il, cassé en deux, le souffle court.

— Ça c'est ton dernier relevé de banque, très édifiant...

Rémus vit des imprimés voltiger.

— Écoute, reprit-il, moi aussi j'ai à te parler...

Écoute... Il n'avait que ce mot à la bouche quand elle perdait la tête. Écoute Élyane, tu es fatiguée. Écoute Élyane, tu as bu, tu as vu ta mère, vous vous êtes étripées. Écoute Élyane, tu es enceinte. Écoute Élyane, fais-toi soigner. Écoute, Élyane, cesse de crier. Étonne-toi que je n'aie aucun désir, sinon le désir d'éviter le moindre contact qui pourrait stimuler ton désir à toi, cette abjecte envie d'être possédée par l'homme que tu hais. Écoute Élyane, j'ai à te parler.

— Écoute-moi, poupée.

— M'appelle pas poupée.

— J't'appelle comment ?

— Pauvre merde ! Ne me touche pas.

— Mais je ne t'ai...

— Attends voir, si tu lèves la main sur moi.

Le prof s'approchait.

— Oh, mais vous êtes enceinte !

— De ce connard ! fit Élyane, et elle gifla Rémus.

Ses mâchoires s'entrechoquèrent. Il sentit la douleur se fixer au tendon maxillaire et ne plus en bouger.

— S'il me frappe, vous êtes témoin, dit Élyane en se protégeant la face de l'avant-bras.

— Ça va, dit le prof, allez vous expliquer ailleurs.

— C'est ça, pour me retrouver seule avec lui.

Elle pivota sur les talons et s'en alla. Il la vit s'éloigner vers les tamaris de la grand-route et la perdit de

vue. Il pensa dans un premier temps : bon débarras.
Puis : où va-t-elle ?

— Allez, viens Popeye.

À travers le grillage on voyait affluer la mer et
l'horizon qui faisait le tour de la rade, éclairait à
l'ouest les falaises de Pen-Hir comme en lévitation
dans l'azur, puis, ayant longé la côte embrumée, revenait sur Brest et se posait finalement au Trez-Hir, les
sables sans fin du Trez-Hir, l'immense plage où les
vacanciers lézardaient par milliers. Pas un bruit, si ce
n'est le chant plaintif d'un bourdon égaré sous un
coquelicot.

— À la baignade, Popeye, on l'a bien mérité.

— Vous êtes cinglés, fit le prof. Je vous conseille
de sortir du terrain. Mes élèves vont arriver.

— Des petites pintades, vous voulez dire... Tiens,
je vous offre les balles.

— Elle est enceinte, quand même !

— Vous voyez mieux le ballon que la balle, vous.
Ils embauchent, dans les maternités...

— Quand ma femme était enceinte, elle ne m'a
jamais giflé.

— Salut, prof, dit Rémus, et il put enfin ramasser
son Black. Épousez ma femme, si ça vous manque !

Popeye sur les talons, il sortit du terrain et jucha le
gamin sur la barre. Il avait trop mal pour pédaler.
Une petite douleur à la con irradiait à chaque pas, de
plus en plus vive et, dans son tympan, la voix
d'Élyane continuait à verser des perfidies avec le
timbre ululant d'un chérubin fou. *Elle vient d'appeler...* Les mots résonnaient en boucle aux quatre
coins de sa boîte crânienne... *Elle vient d'appeler...* Il

n'avait aucune maîtresse régulière, pas l'ombre d'une vie parallèle. Il regardait Élyane au fond des yeux et disait : Non, ma poupée, aucune maîtresse à part toi, ma femme... Et c'était si clair et si confiant dans le regard d'Élyane qu'il avait l'impression de ne pas mentir et d'incarner l'excellent mari sans peur et sans reproche qu'il n'avait jamais été, si loin que remontât la mémoire. Le mensonge s'appelait Anne-Marie. Le mensonge attendait beaucoup de Rémus aujourd'hui. Rien de moins que la vérité du sentiment. Pas mal, pour un mensonge... Tu vas parler à ta femme et lui dire que nous nous aimons. Qu'elle est un obstacle entre nous. Que tu t'en vas pour être heureux et libre avec moi... Il n'avait plus qu'à regarder Élyane au fond des yeux, sourire et déclarer : Je m'en vais, ma poupée... Quatre mots suffisent à vous retourner les sangs. Quatre mots, quatre balles en plein cœur : Je m'en vais.

La route était vide. Élyane avait disparu. Popeye chantonnait lalala sur la barre et triturait la sonnette, deux notes chouinantes en sortaient.

Poussant la bicyclette et boitillant, Rémus aborda le sentier qui descendait à la mer. Il croisait un lent va-et-vient d'estivants saoulés d'air marin, il dépassait des créatures court-vêtues, il ralentissait pour aspirer la lumière autour d'elles, écouter ce babil rieur des filles.

Arrivé à la plage, il abandonna la bicyclette contre les parpaings qui ballastaient la route côtière et déplia sa grande serviette noire à crocodile entre une adolescente qui suçait un esquimau vert et une jolie

personne aux seins nus, les cuisses ravagées de cellulite.

Popeye attrapa sa pelle et se mit à creuser. Non, ce
n'est pas une pelle qu'il attrapa, mais une raquette de
plage rose dont il se servit pour façonner un mur.
Des dizaines de mains s'imprimaient dans le sable
mouillé qu'il pétrissait. Il chantonnait toujours son
lalala rapporté d'Afghanistan, cueilli directement sur
les lèvres de sa mère ou de sa grand-mère, ou d'un
oncle, un parent disparu sans autre mémoire
aujourd'hui que ce lalala semé au vent d'une grève
d'Armor par un mioche né jadis en enfer.

— J'ai soif, dit-il.

— Je t'emmène à la buvette, mon grand, dit
Rémus, et il regarda la mer par-dessus les corps affa-
lés des baigneurs, ce charnier vivant, cette blague...

Premier jour de grand beau depuis le quatorze
juillet, pas un souffle d'air, pas un nuage, pas un pli
sur l'océan miroir comme empoussiéré d'or, avec du
rose à l'occident...

Un point foncé tachait l'horizon. Trop petit pour
un bateau, juste assez grand pour une bouée. Juste
assez grand pour un nageur, un fou qui se prenait
pour une bouée. Ma femme, dit-il en se levant, si
bruquement que du sable vola sur la fille à l'esquimau vert, ma femme...

— Popeye, je reviens.

De corps en corps, il gagna le bord de la mer. Le
point s'amenuisait, disparaissait, se noyait dans
l'horizon. Rémus se retourna pour chercher Popeye,
et dans ce long clin d'œil à la plage abrutie de chaleur

62

il ne distingua ni l'enfant ni le moindre château fort. Il pensa : Popeye, à voix haute, puis entra dans la mer en courant et se mit à nager le plus vite qu'il put vers l'ouest, là où le point s'était effacé...

Il avait toujours aussi mal au genou, il insultait sa femme et sa femme lui répondait, lui perçait les tympans d'une voix désincarnée, chuchotis mourant d'un fantôme, hein, Rémus, tu m'as trompée, tu me trompes, hein, Rémus, tu peux l'avouer maintenant, ça va mieux, tu es soulagé, elle vient d'appeler, tu me trompes avec cette fille, hein, Rémus, avoue-le, dis les mots, si tu m'aimes un tant soit peu tu les dis, parle-moi, parlons-nous, ouvre ton cœur, je ne t'en aimerai que plus, quelle chance elle a, vous vous aimez, tu n'oses pas dire que tu t'en vas, tu préfères me rendre folle, me tuer, me noyer, tu t'en vas et moi aussi... Mais dis voir un peu, Rémus, ça fait quel effet de noyer une femme enceinte, la mère de son enfant ? Tu vas souffrir, mon pauvre Rémus, tu ne pourras plus jamais te regarder vivant dans la glace, il y aura ton regard dans la glace, il y aura moi dans ton regard, entre deux eaux, noyée corps et âme avec notre enfant, un garçon, une fille...

Elle était capable de tout. Sa crise finie, elle disait : c'est du théâtre, un piège, et tu t'es fait avoir. Une jambe hors d'usage, Rémus crawlait, impatient d'en avoir le cœur net. Ce point, là-bas, qu'il voyait de nouveau, c'était Élyane, enceinte jusqu'aux yeux. Élyane interprétant son théâtre maboul au milieu des flots, cap sur le soleil couchant. Tant que lui, Rémus, ne l'aurait pas rejointe, elle irait voir-là-bas-si-j'y-suis.

Et s'il négligeait de la retrouver parmi la houle, c'est qu'elle aurait eu raison d'aller par là-bas. S'il n'était pas fichu, lui, monsieur Sécurité des foyers, d'arracher à la noyade une future mère en proie au doute, c'est qu'il ne l'aimait pas. À quoi bon vivre, quand l'amour ment ? À quoi bon donner la vie ? Il entendait sa voix : Rémus, dis-moi la vérité. Rémus, tu me trompes, avoue, tu vas voir ailleurs, je t'en supplie, Rémus, tu seras délivré, nous serons délivrés, nous serons plus forts, ce sera plus simple. Rémus, tu seras délivré. Si tu m'aimes un tant soit peu, dis-le-moi. Rémus, tu as ma permission, la fidélité ne m'intéresse plus. Je te trompe bien, moi, pourquoi pas toi ? Tu es un surhomme ? Rémus, tu es impuissant ? Tu es homo, Rémus ? Tu couches avec ton ami Frank ? Dis-moi la vérité, parle-moi, parlons-nous, ouvre ton cœur ; tu te renfermes et tu souffres, je veux seulement t'aider, je suis ta femme. Tu es piégé, mon vieux, *elle* t'a laissé un message, donc tu m'as menti. Donc je m'en vais, nous partons. Je suis contente, Rémus, je ne verrai plus jamais tes yeux.

8.

Il avait l'impression de nager depuis des heures, quand le point surgit parmi des rondeurs de houle.

— Élyane, murmura-t-il à bout de forces, et il faillit rebrousser chemin, estimant qu'il faisait un mauvais choix en allant la chercher. Popeye l'attendait à la plage, un gosse de neuf ans. Il avait fini son château fort, creusé des galeries et des voies d'accès, regardé fondre avec envie l'esquimau vert de sa voisine, il avait de plus en plus soif, il était de plus en plus seul, et la peur commençait à le rendre fou... Il se lève, il marche au hasard, il fuit en pleurant aveuglément dans ce dédale humain, il se trouve une bonne âme de sorcière ou de psychopathe à qui raconter qu'il s'est perdu, qu'il veut boire et qu'il a sommeil... Élyane je te hais, tu sais très bien que je nage à ta rescousse et qu'un gamin livré à lui-même n'en peut plus d'angoisse à la plage, par ta faute, espèce de garce, et qu'il est en danger. Je te hais, je m'en vais...

Il se rapprochait d'elle, il voyait briller sa chevelure au rythme d'une nage régulière, elle semblait vouloir traverser l'océan.

Elle ne répondit pas quand il la héla. Le soleil

brillait dans sa chevelure en longs reflets cuivrés qui formaient un sillage à travers la houle.

— J'ai mal au genou, fit-il.

Il l'entendait souffler. Il était le plus fin, le plus roué des conciliateurs de la police, il apprivoisait des cinglés ceinturés d'explosifs, et sa femme le démoralisait.

— Je fatigue, Élyane, j'ai vraiment une patte folle.

Un tel silence autour des mots que la mer semblait tout ouïe, comme si la nature inquiète écoutait ces deux orgueilleux la défier de croiser leur destin, elle, la bienvenue finale des naufragés.

— Je ne vais plus tenir longtemps.

— Tu as eu son message ?

— Non.

— Tu mens.

— Non.

Il vit un doigt d'honneur tendu vers le ciel.

— *Elle* dit qu'elle t'aime.

— Non.

Elle nageait un bras en l'air, l'index et le majeur croisés.

— Que vous vous aimez.

— C'est toi qui mens.

— Je mens ?

Dix mètres environ les séparaient quand il crut voir un submersible plonger. Elle avait piqué du nez, elle nageait le visage à l'intérieur de l'eau, elle disparut...

Il fut seul, désemparé. Il plongea dans l'eau noire à son tour. Il descendit, les yeux écarquillés, le cœur battant, sans rien voir. Il remonta se remplir les poumons. Personne à l'horizon. Il retourna sous la mer et, distinguant une forme mouvante, nagea dans sa direction. C'était son ombre qu'il poursuivait. Il refit surface...

— Élyane, hoqueta Rémus.

Elle fuyait vers le nord-ouest, à vingt mètres de là. Il eut un mal fou à la rejoindre, il s'épuisait pour de bon.

— ... Les dernières statistiques révèlent un taux de 5 % de maris fidèles en Europe, dit-il. Pour les femmes, on est à 40 % d'infidélité. La tendance est à la hausse. Méfions-nous des statistiques émanant des magazines féminins. L'époque n'a jamais été aussi fleur bleue. Les corps sont bien seuls, en dépit des interviews à sensation. On rentre ?

— Jamais ! ululait Élyane... Elle t'aime, elle connaît ton beau numéro secret-défense, notre numéro à nous deux.

— C'est vraisemblablement une femme mariée qui fout la merde, elle va souffrir... Tu vas où, comme ça ?

— Au cimetière.

— Avec le bébé ?

— Il est mort.

— C'est un infanticide, ma vieille, et bientôt c'est moi qui vais y passer.

— Tant mieux.

Ils nageaient côte à côte. S'il la touchait, l'enlaçait, elle aurait une réaction violente.

— C'est pour me raconter ces conneries que tu es venu ?

— Alors, comme ça, le bébé ne bouge plus ?

— C'est ta faute.

— Pas seulement. C'est une zone à crustacés, par ici. Ils raffolent de la viande humaine. La moindre crevette est anthropophage. Ce serait drôle que je retrouve un jour dans mon assiette la pince d'un homard engraissé avec la chair de ma fille ou de mon fils.

— Sans oublier ta femme.

— Comment l'oublier ?

Il fit demi-tour et se jugea bien seul et fragile au milieu des eaux, pas plus sûr que ça de regagner sain et sauf le plancher des vaches. Il évaluait la distance à un mille marin. Non seulement on voyait la plage du Trez-Hir avec les arrondis verdoyants et les sables des environs, mais, quelque part dans ce flou, Popeye faisait des châteaux, imitait le bruit des balles sifflant aux oreilles de l'ennemi, déterrait les cadavres muti-lés.

Il pouvait aussi bien divaguer, en pleurs, la trouille au ventre.

Dilemme... Derrière lui, une femme enceinte errait aussi. Sa femme, son enfant. Suicide, infanticide, assas-sinat prénatal, non-assistance à personne en danger, de la belle ouvrage. Et nul besoin de lui murmurer ces mots qui vous mettent un chat noir en travers des cordes vocales : je m'en vais...

Il avait dit et répété qu'il désirait cet enfant, oui, autant que faire se pouvait. Maintenant que le terme approchait, il était beaucoup plus réservé. Leurs deux personnalités, leurs deux regards, leurs deux cerveaux perturbés.

Barre à tribord, Rémus retourna parlementer avec Élyane.

— Je ne sens plus mes genoux, premier signe d'hypothermie, dit-il. Entre le bébé et moi, c'est à qui décédera le premier. Nous ferons connaissance, en bas, chez les bernard-l'ermite.

Le rire fou d'Élyane fendilla l'horizon.

— Je prédis les premières contractions dans cinq minutes, maman ! Ainsi tu perdras les eaux dans la mer, imagine un peu. La mère, la mer... Les eaux, les eaux... le féminin absolu ! Manquerait plus que tu te mettes à pleurer ! Que d'eaux, que d'eaux ! Le chlorure de sodium antédiluvien. Je me demande si je ne suis pas témoin d'une première mondiale... Un accouchement de haute mer. La nature est prévoyante : le bébé sait nager, il ne risque pas de s'en aller à la dérive, relié qu'il est à la bouée maternelle, toi, par la chaîne ombilicale...

... non pas comme un porte-avions derrière son remorqueur, pensa Rémus, puis il se demanda si son cœur n'était pas en train de flancher.

Il tendit la main vers Élyane, mais de nouveau elle fut en plongée, et de nouveau il bascula dans la noire obscurité d'un flot qui n'avait rien d'estival ou d'hospitalier. C'est nase, la mer, on ne peut même pas gueuler sans qu'elle vous inonde les intérieurs, cette connasse !

Revenu à l'air libre, il eut le barouf de son arythmie cardiaque dans les tympans, ne vit pas sa femme. Elle n'était pas sous l'eau, pas dessus. Il replongea, écarquillant les yeux sans rien voir excepté quelques rayons ambrés vers le haut, croyant entendre une petite voix chuchoter : tu t'en vas, Rémus, dis-le, dis-le-moi, dis « je m'en vais »... Combien de fois, rêvant sans penser à mal, ouvrons-nous les yeux au sein d'un autre monde, intrigués par la chansonnette d'un invisible gamin, et c'est nous qui chantons.

Il heurta le ventre d'Élyane en remontant. Elle hurla, se débattit. Elle semblait repousser les assauts d'un violeur ou d'un squale.

— J'ai un malaise, lâcha Rémus, et il se mit à claquer des dents.

Au cours des missions, il voyait des accidentés cracher le sang, des soldats rendre souffle et boyaux, des informateurs pris de convulsions ; le pire était le regard des enfants percés de balles, encore vivants. Le spectacle de la souffrance répugnant aux autres, il s'infligea les manifestations cliniques d'un infarctus avec spasmes, bave et yeux révulsés.

Le résultat fut glorieux. Pour l'aider, Élyane vint se cramponner à lui de tout son poids, son gros poids, la poche des eaux, le fœtus, lui plantant ses ongles dans la nuque.

— Mets-toi sur le dos.

Conseil imbécile, d'ailleurs inapplicable avec cette femme enceinte accrochée à vos abattis. Elle s'imaginait le soutenir seule, elle ignorait qu'il battait des pieds. Ce n'était pas le moment de la gifler, ni de l'agonir d'injures, ou d'annoncer qu'il s'en allait. Elle gémissait : ne meurs pas, sois fort, pardon... Il mourrait quand il mourrait, il pardonnerait quand il ressentirait du désir à son contact, en fait il ne pardonnerait jamais...

— Rémus, je t'en supplie.

70

Il nagea sur le ventre, singeant celui qui commence à récupérer un brin d'autonomie. Dans quelques minutes, ils atteindraient la zone surveillée, balisée par des citrons flotteurs aussi dangereux qu'inutiles. Il estimait avoir quitté Popeye depuis environ trente-cinq minutes. On ne voyait toujours pas son château fort, son donjon, sa forteresse, ni lui-même dressant des petits pâtés en haut du grand... Au mieux, il aurait sympathisé avec ses voisines, sorbet vert ou cellulite. Au presque mieux.

Qu'est-ce qu'il était devenu, bon Dieu ? Au mieux, il n'aurait pas bougé. Au presque mieux, on le retrouverait buvant son énième verre d'eau sucrée sous l'œil bleu ciel de la jolie maîtresse-nageuse. Au pire, il suffisait d'imaginer un pire quelconque... Au pire, une femme enceinte se ferait publiquement démonter la tronche par son colonel de mari.

Le bras d'Élyane lui arrachait les épaules. Quel idiot d'être allé la chercher : elle aurait fini par rentrer au bercail saine et sauve, ramollie par ses loopings dans l'océan. Si par malheur elle s'était noyée, le drame aurait présenté nombre d'avantages familiaux, comme celui de pouvoir désormais dormir en paix. Quant à l'enfant, Rémus s'en remettrait, ne l'ayant jamais vu ni réellement voulu. On s'est bien remis d'Auschwitz ou d'Hiroshima, du Kosovo, de la Tchétchénie, du Rwanda, des pogroms, de tous les génocides et autres épurations au couteau... Alors, une femme enceinte de plus ou de moins...

Allongeant sa brasse, il se débarrassa d'Élyane. Le moral revenait, la douleur s'estompait. Il irait administrer un savon à ces blancs-becs du poste de secours, trop endormis pour envoyer un canot quand deux nageurs se font la malle à travers l'horizon. Bien la peine d'avoir de grosses jumelles noires de capitaine autour du cou.

L'air parfumé se chargea d'une mélodie si familière qu'elle mit plusieurs instants à l'alerter. C'est en voyant la robe rouge d'une voiture de pompiers qu'il prit conscience des pin-pons. Elle était garée sur la plage au milieu d'un attroupement. Un silence abyssal l'environnait. Un noyé, pensa-t-il, une hydrocution, une insolation, une bagarre, un meurtre, un accident. Le sang lui montait à la gorge, un enfant perd pied, boit la tasse, s'étouffe dans quelques décimètres d'eau bleue parmi les baigneurs indifférents, il est traîné sur le sable. On fait semblant de ranimer Popeye, on mitraille le corps de photos, on dit qu'il faut l'emmener à la Cavale blanche. Ils sont les mieux équipés d'Europe, on lui fait du bouche-à-bouche, on dit qu'on a tout essayé, qu'il est mort. On ne connaît pas son nom, un enfant livré à lui-même...

« Oh ! » hurle Rémus de toutes ses forces, et son cri, bu par l'azur, l'épuise sans attirer l'attention. Il gémit, supplie, ne joue plus au con avec l'ange qui passe, et, sitôt qu'il en a l'occasion, se met à clopiner vers cet énorme silence, là-bas – les pompiers, la foule nue.

— Police, fait-il sourdement, et il joue des coudes, il mesure un mètre quatre-vingt-trois. Il te dégagerait ça au tractopelle, ces morts-vivants qui font la queue pour voir de près le malheur d'autrui, la plaie ouverte, les glouglous du sang frais, le gisant disloqué. On peut compter sur eux pour se renifler les doigts au sortir des chiottes après avoir tiré la chasse à contrecœur, poussez-vous, circulez, « Police ». En cinq secs, il est aux premières loges, à l'ombre d'une ambulance rouge où c'est marqué ASSISTANCE AUX NOYÉS. Rigolade, il se marre. La vie se joue dans un mouchoir. Devant lui, drapée dans un mélange de feuille d'or et de serviette éponge verte, la fille aux graisses tremblotantes, livide, se laisse manipuler par deux pompiers dont l'un lui desserre les dents, l'autre lui glisse un tuyau dans la bouche, ça pissouille autour du menton. Et c'est pour cette anorexique fauchée par la bronzette qu'il a risqué l'arrêt du cœur ! Mon pauvre Popeye, si tu savais. Elle se tourne vers lui, réhabitue ses yeux au décor après un gymkhana dans l'inconscient, le reconnaît. Leurs regards ne font plus qu'un dans l'espace.

— Monsieur, dit-elle, mais il n'écoute rien, trop impatient de retrouver Popeye. Monsieur...

— Oui.

Elle est dans les choux, la prunelle chavirée, un bredouillis mécanique à la bouche.

— Ils m'ont piquée avec une abeille et ils sont partis... Il avait une malle rose.

— Qui ça ?

— Le monsieur.

Et son nez se mit à couler.

9.

Les CRS passèrent la plage au peigne fin. On envoya les chiens, on fit des appels au mégaphone, un hélicoptère de la gendarmerie survola plusieurs fois les environs et des zodiacs fouillèrent les grottes envahies par la marée. Dans un rayon de trois kilomètres autour d'un château fort de sable inachevé, on questionna, plongea, chercha des indices, un embryon de piste à suivre. Enfin, dans la soirée, le garçon du camion-buvette raconta qu'il avait servi un verre d'eau à un garçon répondant au signalement de Popeye, et qu'il avait vu le gosse monter à l'arrière d'une auto noire, peut-être une Audi. Il s'en souvenait parce qu'une raquette de plage avait volé par la fenêtre arrière, juste comme elle démarrait. Il avait ramassé la raquette... Principe de précaution, le procureur de la République à Brest déclencha le plan « Alerte enlèvement » et, le soir même, la photo de Popeye était diffusée sur tous les journaux télévisés nationaux, toutes les chaînes de radio lançaient des appels à témoins. On était le 27 août 2013.

*... Ma beauté, mon caillou rose, ma vierge enso-
leillée dans l'arbre mort, mon rossignol, mon tout-
doux, il neige, c'est moi...*

— Putain ! fit Rémus.

Il reposa lettre et petite cuillère sur le comptoir. Il
n'ouvrait jamais les lettres de Mme X, d'habitude :
poubelle directo. Mme X l'abreuvait d'assiduités
épistolaires depuis le jour où, invité au journal télé-
visé, à 20 heures, il avait dû justifier l'enlèvement du
chansonnier Laurent Verrat par ses hommes cagou-
lés, à Cannes, le soir du gala d'ouverture. Lui, déca-
goulé, blême, avait invoqué la raison d'État, puis un
canular. Le surlendemain, Mme X, cette vieille amie
Mme X, écrivait sa première lettre à Rémus lui rap-
pelant qu'ils ne s'étaient pas mariés sur une autre
planète, Mercure ou Sirius, mais bien sur la boule
terreuse, et qu'ils avaient ensemble deux petits Indiens,
fille et garçon, en attente dans une confortable
famille d'accueil. Elle était prête à lui pardonner ce
grotesque internement qu'elle devait à ses services
administratifs, quand on a les moyens d'enlever une
sommité comme Laurent Verrat on a ceux de faire
interner son épouse, et ainsi de suite, et blablabla sur
une vingtaine de feuillets... Ensuite il avait reçu
jusqu'à dix lettres par jour ; la couleur de l'encre
changeait chaque fois, le type d'écriture changeait,
Mme X alternait les prénoms, elle avait le ton d'une
amie qui pourrait détailler tous vos grains de beauté,
sinon vos sentiments intimes aux heures de pointe.
Allez donc faire croire à l'épouse officielle que c'est
Mme X la menteuse, et que vous ne la connaissez ni
des lèvres du haut, ni du reste, et qu'à l'évidence elle

est affligée du syndrome de Clérambault, le premier toubib à s'être penché sur le cas des soi-disant maniaco-dépressives, passionnément aimées par des inconnus, au demeurant rois, émirs, maharadjahs, seigneurs de l'actualité, flics ou voyous. C'était vrai qu'il ne l'avait jamais vue, la demoiselle X. Il n'avait accusé réception d'aucun message de sa part, pas même quand on lui délivrait à la poste un mini-théâtre de marionnettes rempli de sous-vêtements en satin, de graines miracles, d'onguents, ou une caisse de préservatifs aux fruits de saison.

Il était neuf heures moins dix, le café Mode battait son plein, justifiant son nom vaniteux. Ce n'était qu'invités cossus, reporters, comédiens, mauvais garçons, femmes battues, maris béats, romanciers, greffeurs d'implants génitaux, journalistes dernier cri, tous la gorge sèche d'une petite soif de publicité. Le bal des exhibos, pensa Rémus. On petit-déjeunait en salle, en terrasse, au comptoir (19 € 99, y compris le jus d'orange espagnol issu d'un plant cultivé massivement par les Chinois sur les vastes plateaux bordant leurs installations nucléaires secrètes) ; on était connu, on croyait l'être, on avait tous quelque chose à voir avec Europe 1, dont siège et studios avaient pignon sur la rue François-Ier, derrière des barrières d'inox, à quelques mètres de là.

À neuf heures, Rémus était le *bloody guest* de Marc-Édouard Laniel[1], cinq minutes de tac au tac

---

1. Marc-Édouard Laniel, dit le Marquis. Remarquable journaliste de l'audiovisuel. Se fait un nom le dimanche soir dans une émission où il pourfend le politiquement correct.

en direct dans la matinale « Ça passe ou ça trashe ».

Il prit sa tasse, but, sortit vingt euros et vit une longue main posée sur son avant-bras.

— Jean-Charles Grandrameau, le chroniqueur gas-tronomique.

— Enchanté, fit Rémus.

Perché sur un tabouret, cravate orange en shintz et veste noire à col officier (1 625 € chez Arnys), Jean-Charles Grandrameau eut un sourire en coin... Il avait été chaudronnier dans sa jeunesse, aussi connu du public aujourd'hui que le président lui-même[1]. Il n'était d'aucun parti, clan, club, loge, si ce n'est la famille et les amis. Bien des ménages étaient au bout du rouleau, mais il suffisait que Jean-Charles appa-rût à l'écran, malicieux et fraternel au milieu des rues et des bois, pour qu'ils en eussent le moral requin-qué.

— Moi, je vous connais, fit Jean-Charles. Vous avez vu, pour le beurre, ce matin ? Personne n'ose en parler.

Une saleté italienne transitait par le Cotentin qu'on appelait à l'arrivée « beurre de Normandie ». Ça lave l'estomac, ça fait des mini-marées noires dans les ven-tricules, c'est le beurre déchirant après le beurre d'Échiré, c'est un cocktail de déchets hospitaliers, d'huile de moteur, de suif de mouton. On en fait aussi de la mozzarella d'origine.

_____

1. L'arrêté ministériel interdisant l'usage public du patro-nyme du chef de l'État, appelé désormais président, venait d'être promulgué. L'auteur fait observer qu'il respecte la loi.

— Vous viendriez en parler à l'antenne ?

— Ce pays est assez morose, inutile de l'accabler davantage. Ajouter le beurre à l'argent du beurre... En fait, on ne sait plus trop si le devoir est d'informer ou de cacher les faits.

— Il faut simplement dire la vérité.

Rémus eut un rire sec.

— Voilà un mot qui ferait bien de se calmer ! Heureux de vous avoir croisé, monsieur Grandrameau. Je suis un fan de vos émissions. Et, comme dirait Columbo, ma femme ne rate pas une de vos apparitions...

— Bonjour à tous... Notre invité *trash*, le colonel de gendarmerie Rémus, chef du groupe R... c'est quoi, ça, le groupe R ?

— L'initiale de mon nom.

— Oh le mégalo !... Au programme, ce matin, la violence conjugale, valeur sûre des ménages français... Ce sont trois maris sur quatre qui battent à mort leur femme, à tel point que...

— N'exagérons rien... Pour être alarmants, les chiffres dont nous...

— ... N'exagérons rien ? !... Vous trouvez ça banal, vous, de battre une femme ?

— Je...

— Je vous laisse la parole, d'accord... Chaque matin, une femme viendra nous confier à l'antenne dans quelles circonstances son mari la brutalise, généralement sous l'empire du vin... Car il ne fait plus aucun doute aujourd'hui que le vin, le sacro-saint pinard est un fléau national...

— Je suis venu pour lancer un rappel aux rav...

— Vous avez coupé votre portable ?

— ... visseurs du petit garçon dont j'avais la garde.

— À propos, Rémus, que pensez-vous d'une rentrée littéraire où le titre phare est *Enculée* ?

— Je voudrais à présent dire aux...

— Mais pourquoi ce pseudo ridicule, Rémus ; vous n'avez donc pas de vrai nom ?

— Si, Jean-Marie Le Pen...

— Vous êtes Jean-Marie Le Pen ? Le vrai Jean-Marie Le Pen ? C'est à hurler de rire !

— Chez nous, le pseudo n'est pas un luxe.

— Personne n'est obligé de vous croire... En fait, vous avez les jetons, c'est humain quand on est flic, on a peur que les types se vengent ; vous vous êtes déjà fait casser la gueule, en sortant du travail ?

— Aujourd'hui cet enfant...

— Votre fils ?

— Non, ça n'a d'ailleurs aucune importance.

— Ça change tout ! Vous voulez dire quoi au juste, à nos auditeurs ?

— Un garçon de neuf ans s'est fait enlever sur la plage il y a quelques jours, en plein après-midi.

— Sur la plage ! Mais c'est horrible, vous étiez où, quand c'est arrivé ?

— Sur la plage.

— Et vous n'avez pas l'impression d'avoir juste mal assuré... On vous confie un gosse et il est enlevé... Comment savez-vous qu'il s'agit d'un enlèvement ? On vous fait chanter ? Il s'est peut-être noyé, après tout... Vous n'avez tout de même pas laissé seul sur une plage un gamin qui ne sait pas nager... Expliquez-vous, Rémus, ayez des couilles, merde, vous êtes flic ! Ne laissez pas nos auditeurs sur une aussi pénible impression : les maîtres-nageurs qui nous écoutent se tiennent les côtes, sans jeu de mots... Pas très nette, votre histoire... Ils en font quoi, les voleurs, des gosses ? Des rouleaux de printemps ?

— Je voudrais seulement dire à...

— À qui ?

— ... Je voudrais dire aux ravisseurs de Popeye que j'aimerais savoir ce qu'ils espèrent échanger contre lui.

— C'est ça, une parole de flic ? C'est comme ça qu'on s'y prend, au groupe R, pour arracher un môme à ses ravisseurs ? Et si vous nous parliez un peu du *Gallieni*...

— Je ne vois pas le rapport.

— Oh, le menteur ! Pourquoi on nous a fait croire qu'il avait été bradé aux Anglais, en 2010, pour 400 000 euros ?

— La vente ne s'est pas concrétisée.

— Pourquoi on n'a pas dit qu'il revenait à Brest ?

— Je ne suis pas au courant.

— Tu parles ! Qu'est-ce qu'il a, ce bateau, qu'est-ce qu'il a ? Pourquoi on a filmé un remorquage truqué à destination de la perfide Albion ? Pourquoi on se fout de notre gueule ? C'est quoi, cette marine d'eau de vaisselle ?

— Vous mélangez tout... Voilà huit ans que la Marine a revendu le porte-aéronefs *Gallieni* à l'État,

et qu'on ne parle plus aujourd'hui que de la coque
Q 769... Eh bien, la *Q 769* ne mérite en aucun cas les
attentions médiatiques dont vous l'entourez... Les
Anglais sont toujours preneurs, les incidents techniques aplanis, et la nouvelle du remorquage vers
Hartpool devrait tomber incessamment. La télévision
filmera le départ du bateau et je me chargerai ce jour-
là d'expliquer pourquoi nous avons interrompu le
premier remorquage...

— Et mon *Q 769*, c'est du poulet ? Ne nous faites
pas un discours de petit malin cocardier, alors que
vous êtes flic. À ce micro, on ne prend pas le public
pour un con.

— Justement, je reviens à Popeye... Toute personne
ayant aperçu un petit garçon de huit ans aux yeux
bleus, à l'accent étranger, avec sur la main gauche
une cicatrice en...

— ... en forme de fleur de lys... Une minute, colonel Rémus, la chaîne vous accorde une minute sup-
plémentaire si vous répondez à cette question :
pourquoi le remorquage du *Gall'*, enfin du gros
Q 769, a foiré en 2010, oui, pourquoi ?

— Greenpeace et typhon sur la Manche... Ça faisait beaucoup. Imaginez les amarres rompues et ce
porte-avions de quarante-cinq mille tonnes à la
dérive au milieu des rails de navigation. Vous voyez
un peu la pétanque ?

— Il nous reste à remercier Jean-Marie Le Pen,
alias Rémus, d'avoir pris sur un emploi du temps
chargé pour venir jusqu'à nos studios à cette heure
matinale.

— Est-ce qu'il y a un bar ici, je boirais bien un whisky ?

— Nous sommes encore à l'antenne, je crois.

— Il fait soif.

Rémus se retrouva dehors flageolant, furieux de ne pas avoir pris le dessus, lui qui se flattait d'amener aux limites du bégaiement les plus sémillants causeurs. Certes, il connaissait le principe de l'émission, un mélange de sarcasmes et de cruauté sous une épaisse couche de mauvaise foi. Il subodorait que les dés étaient pipés, que Laniel n'avait jamais eu l'intention de lui donner librement la parole, mais il se croyait assez fort pour tirer les ficelles de l'entretien. Il ne doutait pas, selon la vieille expression des malfrats, que Laniel allait *moucher rouge*, et c'était lui qui repartait la cloison nasale de traviole, la respiration sifflante.

Il s'apprêtait à remonter en voiture et à s'épancher dans l'oreille de Bruno, son chauffeur depuis les Balkans, quand son nom fut lancé. À la terrasse du café *Mode*, Jean-Charles Grandrameau lui faisait signe du bout des doigts.

— Ça s'est bien passé ?

— L'histoire de France n'est plus qu'une historiette, fit Rémus, et si ça continue, ce ne sera bientôt plus qu'une mauvaise blague pour almanach Vermot.

— J'ai écouté l'émission... C'est vrai, cette histoire de gosse enlevé ?

— Je ne demande qu'à vous en parler.

— À la radio ?

— Je ne vous ferai pas la saloperie d'accepter, vous seriez viré... On vous organiserait un mariage républicain dans la Seine, à vous et à moi. C'est comme si je voyais le gros titre du *Parisien* : ON ACHÈVE BIEN LES VACHES FOLLES !

— Mais de quoi parlez-vous ?

— De rien. Joli cuir...

Rémus considérait les chaussures de Grandrameau, des richelieux nommés *souliers* chez le faiseur Berluti. On les fabriquait à partir d'un veau dont la couenne chaussait les pieds des gens fortunés et dont le muscle leur garnissait la panse.

Rémus faisait grand cas de la viande rouge, avant sa mission dans les Balkans. Vingt-cinq mois en zone de conflits avaient modifié ses goûts. Il ne pouvait plus mâcher de chair animale sans avoir l'impression d'ingurgiter du sang humain.

À quarante-cinq ans, il avait des doutes sur l'espèce humaine, il craignait de plus en plus l'épithète *humaine*, ce gargarisme qui éclaircit si peu la voix du Créateur et de ses créatures.

Remonté en voiture, Rémus fit lire à Bruno la missive d'Ambre. C'était son nom dans les lettres qu'elle envoyait à Rémus.

— Alors, cette émission ?

— Une seconde, je lis.

Une minute s'écoula, Bruno souriait, comme attendri. Chauffeur et chef s'entendaient comme larrons au bordel. Ils ne s'étaient pas vus depuis tout le mois d'août. Bruno était sergent dans la gendarmerie.

— Aucune menace de mort... Rien que du positif, la belle vie. Côté cul, elle a confiance en toi. Elle sait que tu l'attends sagement pour lui casser les pattes arrière quand elle sortira. Elle fantasme, qu'elle dit, elle voit tes mains en train de disposer des camélias blancs sur le lit où vous allez vous éclater... Si c'est pas un coup d'enfer, celle-là...

— Ça va, fit Rémus. Je vais demander au toubib de remplacer son lithium par de l'arsenic ou du bromure.

Bruno riait aux éclats.

— Elle aimerait savoir assez vite si tu souhaites assister à l'accouchement, elle t'obtiendra un laissez-passer.

— Elle est enceinte ?

— C'est toi, le père, Ducon... Tout à fait banal que tu veuilles être là pour le premier coucou-c'est-moi du babour, en espérant qu'il n'a pas les couilles à la place des yeux.

— On y va, fit Rémus.

— Est-ce que tu préfères les tétines en silicone ou en caoutchouc ? C'est le post-scriptum. Dans tous les cas, tu dois en apporter quand tu viendras... Des neuves ; pas les tétines *made in China*, qui sont dans le tiroir du haut.

Rémus avança la main pour tourner la clé de contact.

— Allez roule, et bazarde-moi ces feuillets, n'oublie pas.

— Pas de photocops ?

— La pauvre.

Il avait chargé Bruno d'enquêter sur cette Ambre, dont le vrai nom était Marc, Virginie Marc, vingt-neuf ans, pensionnaire à Sainte-Anne.

— ... et vos deux enfants sont très fiers de toi.

— Fous-moi la paix, Bruno !

— Elle a lu dans sa main gauche que la Marine, je cite : « allait doter l'épave du porte-avions français *Gallieni* d'un nouveau capitaine et que la désignation d'un certain Rémus était imminente. Et qu'une fête à bord aurait lieu pour Noël en présence de nombreux chefs d'État, comme de coutume pour les obsèques des grands de ce monde ». Bien sûr, elle se voit marraine du bateau, et se dit prête à faire un caprice pour avoir le même chapeau que la reine Elizabeth aux obsèques de la princesse Diana. Très branchée sur les obsèques, ta copine.

— Tu sais quoi, toi, du porte-avions ?

— Que dalle, je m'en fous ! Je suis un paysan, moi. J'en ai rien à carrer de vos histoires d'amiante et de remorquage. Tu me demandes de lire une lettre et je te la lis, c'est tout.

Rémus lui arracha les feuillets des mains. Bruno n'inventait rien. Il était bien question du porte-avions dans la missive de la folle. La folie, toute délirante qu'elle puisse être, n'a pas les moyens de mettre à l'eau un porte-avions du type *Gallieni* chez les handicapés mentaux. Qui l'espionnait ? Qui cherchait à le manipuler ? Qui désespérait-il avec son insistance à tirer au clair la double vie du vieux bateau, tas de boue pour les uns, tas d'or pour quelques autres ?

Il se sentit floué, ridicule. Le sang lui montait à la tête.

— Dis-moi, Bruno, t'as d'jà vu un animateur de radio se foutre à ce point de l'enlèvement d'un gosse ?

— Il est aux ordres. Il fouette.

— Aux ordres ?... Il a été le premier à réagir. Il osait exiger l'exclusivité pour un enlèvement. Il soupçonnait un groupe mafieux. Il voulait qu'on sache de quoi les mafieux de partout sont capables en France, aujourd'hui. Et tu as vu le résultat ?

— Ce type ne pense qu'à son reflet dans la glace.

Rémus n'avait pas attendu que les prix flambent avant l'été – essence, lait, pain, poisson – pour découvrir que tous les gens dotés d'un pouvoir quelconque sont à la fois vendeurs et vendus. L'argent n'était plus un moyen de paiement ; l'argent équivalait à Dieu. On reconnaissait l'homme de pouvoir au fait qu'il n'avait pas d'argent sur lui. C'était toujours le moins possédant qui déboursait, trop heureux d'afficher son bien. Le Dieu du troisième millénaire était pingre à faire peur.

Rémus, au demeurant la plus faible des créatures incarnées, n'était pas un flic de hasard. Il méprisait l'amour de l'argent, le pire des aléas, le mal dans toute sa laideur quand il se drape en public des prestiges de l'hypocrisie. Cet amour abject le faisait en même temps jubiler, car il devinait pourquoi Dieu l'avait parachuté sur terre avec la personnalité qu'il générait la nuit, revendiquait sitôt posé le premier orteil sur le sol, le boulot faisant office de réveille-matin. Déconcerté chaque fois qu'une femme en pleurs entreprenait le tour complet des quatre vérités dont sa nature était pétrie. La pire qui soit. Un être gigogne, un misogyne. Un petit garçon que sa mère n'avait pas désiré, quoi qu'il en dît – et lui s'en vengeait sur toutes les femmes.

Dieu voulait néanmoins qu'il pourchassât les requins enfarinés du bakchich, et c'était chez lui une véritable addiction. Il adorait traquer dans leurs petits souliers les directeurs de banque, les chefs de multinationale, les gros propriétaires fonciers, jusqu'à ce qu'ils ne s'en relèvent pas. S'il s'intéressait à la coque du porte-avions *Gallieni*, ce pauvre *Q 769*, c'était après avoir découvert sur internet que la société Xanthor, suite à un appel d'offres, s'était vu attribuer par l'État français le marché d'assainissement des tôles à « déchirer », y compris le désamiantage intégral du navire, pour deux millions d'euros. C'était en 2003. Oui ou non, le *Q 769* était-il assaini, désamianté, quand, en 2004, le remorqueur *Aconit* l'avait tiré à travers deux océans jusque sur les côtes indiennes, cette fois pour y subir une découpe au chalumeau ? Agacé par les atermoiements tactiques du gouvernement indien, le président Chirac l'avait fait rapatrier à Brest et, depuis, nul ne pouvait plus monter à bord, excepté le personnel accrédité. Où en était le désamiantage ? Où était passé l'argent ? Tant qu'il n'aurait pas la réponse, Rémus la rechercherait. Il en était du *Q 769* comme de la vache folle, et qu'on cesse d'incriminer sous les noms les plus savantissimes l'encéphalite spongiforme, l'ESB 45 : pas folle du tout, la vache, beaucoup moins timbrée que son éleveur, l'être humain, lui-même de chair et d'os. Rémus mourrait peut-être en emportant ses questions intactes. Peut-être qu'un hasard, balle ou lame commanditée, mettrait prématurément fin à ses jours, mais, entre-temps, il vivrait en son âme et conscience, comme une viande en avalant une autre, vivante ou non. Les hommes ont tous les droits sur plus faibles qu'eux. La chair est faible, lui-même en avait les faiblesses, il n'en était pas moins viandard que le commun de ses congénères : il éprouvait, la nuit, le besoin de se serrer contre un autre corps.

— Arrête-moi là, dit-il.

Bruno se gara en double file, warnings allumés, devant le 27 bis, boulevard Saint-Germain. Rémus fut absent une demi-heure et le gendarme fuma trois cigarettes en l'attendant. Il était onze heures quand le colonel reparut.

— Un petit coup d'île Saint-Louis, mon grand, dit-il en rebouclant sa ceinture. Il fait beau, j'ai besoin d'étendues aquatiques.

Bruno traversa le pont Marie pour stationner rue Boutarel, au n° 2. Ensuite ils furent dans le nord de Paris, au n° 5 d'une petite place avec marronniers fleuris. Puis dans le sud, à un n° 120. De là, son escale achevée, Rémus alla au 93, boulevard Brune, l'hôpital universitaire, où une sage-femme à sabots blancs perdait toute sagesse entre ses bras.

Ils arrivaient porte d'Orléans.

— Tu crois qu'il est vivant ?

— On te fout la rate au court-bouillon, mec, et dès que le bouillon bouillonnera, un connard te fera chanter.

Bruno grilla un feu rouge.

— Tu crèches où, en ce moment ?

— Mon ancien appart' à Nouvelle-France...

— Tu vibres, mec.

Rémus articula :

— Oui, président.

Durant toute une minute, les seuls mots que Rémus parut en état d'émettre, d'ailleurs du bout des dents, étaient « oui », « peut-être », « affirmatif »... Pas d'au revoir.

— ... Une bagnole, dit-il, ayant fini sa communication. Elle ramasse tous les UV.

Sa pensée fut alors voilée par la dernière vision qu'il avait eue de Popeye, ce mioche aux tibias grêles, acharné à creuser le sable du Trez-Hir en un geste régulier qui mettait en branle tous les ressorts de l'inconscient. Une de ces chaleurs, cet après-midi-là... Un trou dans le sable en guise d'adieu.

10.

Le président, dont le nom ne devait plus être men-
tionné, lui avait tapé sur les doigts. En fait, il ne
voyait jamais le président sans que le président sorte
un vieux cognac et lui dise deux mots, soit un cha-
pelet de perfidies reflétant l'immense affection qui
l'attachait à Rémus... Il avait eu tort, en allant à la
radio comme un prétentieux. Il affaiblissait la fonc-
tion policière en tendant la main aux ravisseurs
éventuels de l'Afghan. Il manquait aux devoirs de sa
charge avec ses trémolos d'histrion sur *Q 769*, objet
qu'il n'était pas censé connaître et que le ministère
de la Défense, lui seul, était habilité à mettre en
avant dans ses communiqués... Il avait pour lui d'être
sot, donc inoffensif... Moins sot, il aurait compris sa
douleur. Ce qu'il entendait par là, Rémus ne le savait
que trop... Certes, il dirigeait le corps des Chats
maigres, mais, en dernier recours, les Chats maigres
n'obéissaient qu'au président : un signe de sa part,
un clin d'œil les alertaient.

— Les Anglais ont remporté loyalement notre
appel d'offres européen, c'est public, tu aurais pu le
rappeler...

— ...

— Je t'aime bien, Rémus, mais tu n'es qu'un blaireau.

— ...

— Je ne vois pas ce que les femmes te trouvent, tu es bougon, tu es laid.

Tout président qu'il était, le président avait l'âme jalouse et les nerfs à fleur de peau.

— Tu es laid, tu boites, et tu n'es même pas drôle. Moi, tout m'intéresse... Ah oui, tu as les yeux bleus...

Le président avait les yeux noirs, ou marron foncé, noyés d'une expression crépusculaire à la fois chaleureuse et vilaine. Il avait quelque chose de las et de chiffonné qui poussait le colonel à méditer sur le sens réel de ces tête-à-tête à l'Élysée, une fois par semaine. Il sue la haine, pensait-il, une odeur de pain de seigle, une haleine de cancrelat. Mon odeur ne lui revient pas, la sienne m'ennuie.

— Brest ! Ils me bassinent avec Brest !... Quoi, Brest ?... Brest aurait pu déconstruire ce bateau, je sais, beaucoup d'argent, de boulot pour l'arsenal, pour la presse. Construit en France, déconstruit en France, une belle opération franchouillarde, allez donc !

— ...

— Tu parles toi-même d'une rumeur tactique... Ce n'est pas un hasard si tous les médias bandent à l'unisson pour Brest... Elle vient d'où, cette rumeur ? Qui nous chie dans les bottes ? réponds-moi !

— ...

— Ouais, je suis au courant... C'est l'amiante qui les fait bander... Ils n'osent pas encore mettre l'amiante sur le tapis, ils fouettent, ils ont peur de

moi, je les connais. Mais que Brest déconstruise officiellement le *Gall'*, on y aurait tous droit à l'amiante,
au fric détourné, aux politicards véreux. Je n'étais
pas aux affaires quand c'est arrivé. J'étais ministre,
ma parole ne comptait pas...

— J'ai mon idée, pour la rumeur, soupira le colonel comme au sortir d'un rêve. Tout est parti d'un
journal de Lorraine, *La Gazette de l'Est*. Le canard
appartient à Martin Martinat, le *big boss* de Paneurox, le quatrième abattoir d'Europe. Depuis trois
ans, Paneurox est en procès avec l'État français...
Dernière audience et verdict le 17 décembre prochain, c'est moi, le principal témoin. J'ai de quoi lui
fermer sa boutique, au Martinat, et l'envoyer en prison.

L'intonation du président se fit légèrement sinistre
et sa lèvre inférieure accrocha des reflets sous la
lampe du bureau.

— Tu es vraiment un blaireau, Rémus, une tête de
con.

— ...
— À quoi tu penses ?
— ...

Dans son théâtre intérieur, il considérait tour à
tour Élyane et Popeye, un double regard où l'enfant
chantonnait en projetant du sable avec une raquette
rose, et dans un contre-jour vitreux sa femme avouait
d'une voix contrite que oui, elle avait acheté l'Iphone
perso pour le piéger, c'est tellement simple, la loi, on
paye, on remet le chèque barré à son nom : donc on
est le propriétaire officiel de l'appareil, son premier
confident, on sait quel numéro former pour accéder

à la messagerie, il n'y a plus qu'à télégraphier à cette pouffiasse d'Allemande pour lui dire : Ma femme se doute de quelque chose, appelle-moi désormais sur mon Iphone, j'ai hâte...

Bruno le déposa à l'Office général des fraudes, un bâtiment discret dans une cour. C'était une cage de métal à l'intérieur d'une cage en béton, elle-même sertie dans une façade ancienne de type Haussmann à trois étages, noire et jamais ravalée, qui donnait l'impression d'arriver aux pieds d'une bâtisse vétuste, épargnée momentanément par les plans quinquennaux. Quatre sous-sols renfermaient l'informatique. Il y avait de l'or dans les profondeurs, et des galeries d'extraction secrète au cas où les circonstances l'exigeraient.

Il était onze heures moins dix. À midi, son collègue, le lieutenant-colonel Rivais, parlerait à un public de médecins, dont le professeur Khayat, chef du service d'oncologie à La Pitié-Salpêtrière. Cette causerie ne réunissait qu'une dizaine d'invités triés sur le volet. Une ou deux fois par an, les agents de l'Office, écœurés de travailler pour des juges qui n'instruisaient rien ni n'arrêtaient personne, mettaient certains professionnels au courant d'une situation rien de moins que préjudiciable à la santé du pays.

Rémus avait pour principe de fermer son portable jusqu'à midi. Élyane aurait pu décéder sans qu'il le sache, lui, monsieur je-sais-tout-sur-tout. Il arrivait au bureau vers les six heures du matin, ne reprenait contact avec sa vie privée qu'au moment de passer à

94

table. Il appelait alors Élyane. Il appelait qui il avait envie d'appeler.

Ce matin-là, ayant lancé l'appel à témoins sur Europe 1, il fut incapable de rassembler ses esprits.

— Séance extraordinaire, annonça-t-il à Dora dans l'interphone, et que ça saute !

Dora, son assistante, était sergent.

— Bien, dit-il, quand les dix-sept officiers du service eurent pris place autour de la table ovale, prêts à l'écouter. Ça devait arriver... Vous êtes au courant du pataquès de ce matin, sur Europe ; désormais, c'est un bon million de nos concitoyens qui le sont également. Apparemment, l'un d'entre vous renseigne le monde extérieur sur nos programmes, et si j'ignore comment il s'y prend, je compte sur vous pour m'en informer dans les meilleurs délais.

Il eut soudain l'air harassé :

— Des nouvelles du gamin ?

Il ne lut rien qui vaille dans les yeux des collègues.

— La séance est levée !

Il ajouta :

— Et que la taupe se pende en dehors des heures de service, on est à la bourre !

De sa guerre en Afghanistan, Rémus avait rapporté un humour si particulier que les rieurs ne se bousculaient pas autour de lui.

Il fut à la fenêtre, une vitre opaque au-dehors, et blindée. Il faisait beau, l'horizon semblait trop vaste pour y loger l'espoir de jamais retrouver Popeye. Il aimait bien ce gosse, c'est vrai.

Pas besoin d'être la mère ou le parent biologique pour aimer un gosse d'un amour total. Élyane l'avait bien compris, qui lui donnait presque à choisir entre la chose imminente et Popeye. Là, dans l'immédiat, il n'aurait pas hésité. Son choix était fait depuis le jour-même où il avait trouvé Popeye baladant son pied cramé parmi les gras corbaks de Kaboul, au pied des détritus, et l'avait embarqué sans réfléchir à bord du blindé. Pas une nuit où il fermât les yeux sans entendre ce que lui avait dit dans un français maladroit ce gosse, le fils de Myriana. Il lui avait dit...

On frappait à la porte. Il se retourna pour voir Dora s'éclipser ; *Le Monde* était posé sur son bureau :

> *Ubuesque tragédie dans la gendarmerie.*
> UN OFFICIER DE POLICE JUDICIAIRE
> KIDNAPPE UN ENFANT.

C'est dans ces termes-là que l'Afghanistan, par la voix de son premier ambassadeur, avait stigmatisé le fait, pour un officier supérieur français, d'extraire un enfant mineur du territoire afghan... La suite de l'article était à l'avenant, d'une mauvaise foi crasse. Le petit Wali, dit Popeye, neuf ans, avait disparu sur une plage du Finistère, le 30 août 2013... Le surlendemain, le colonel Rémus, de la gendarmerie, avait osé s'en prendre sur les ondes, à Europe 1, aux ravisseurs de Wali. Il feignait d'ignorer qu'il avait été, lui, son premier ravisseur, poursuivi par l'État afghan. Si le nœud de la question restait la fugue ou le rapt de l'enfant, bien d'autres points demeuraient obscurs. Pourquoi Rémus avait-il laissé Popeye sans surveillance ? Était-il de mèche avec les prétendus ravisseurs ? Les services secrets locaux n'avaient-ils pas souhaité récupérer leur jeune ressortissant ? D'autre part, à l'heure où les réseaux pédophiles se vantaient de sévir partout sur la planète et prétendaient noyauter les meilleures associations d'aide à l'enfance, cette affaire suscitait une inquiétude extrême. On attendait bien sûr du président qu'il sanctionnât son protégé avec la dernière rigueur. À signaler enfin que le ménage Rémus nageait en plein désordre, et ce, bien que l'épouse arrivât au terme de sa première grossesse. Un enfant disparaît, un autre paraît – Rémus n'en a cure.

Il tendit l'oreille.

— La revue de presse est à votre avantage ailleurs, lui disait Dora par l'interphone. On rappelle que vous êtes un héros...

— ... suivi par un enfant qu'il aimait entre tous, bougonna Rémus.

Il n'était certes pas au-dessus des lois, en aucune façon. Mais il se trouvait que les lois avaient besoin de lui.

Il bipa Frank, son meilleur ami. Il était chef opérationnel du Noyau, comme lui un ancien d'Afghanistan. C'était Frank qui l'avait sorti du char, le jour où ils s'étaient fait canarder, au village de G. Pas un Chat maigre de son acabit, mais un chat puissant, un milourd de chat, remarquable d'humour et de sang-froid, fait tout comme lui, Rémus, citoyen d'honneur de la ville de Kandahar. Le même parcours du combattant. Quand on leur demandait comment, la guerre finie, ils avaient pu souhaiter intégrer le GIGN, puis le Corps des Chats maigres, ils répondaient honnêtement que, oui, la guerre leur manquait. Ils n'étaient ni des brutes, ni des fous sanguinaires, ni des excités, ils étaient doux comme des chats angoras, mais la guerre leur manquait. Ils haïssaient la guerre, la violence, la rage des hommes entre eux, l'imbécillité des frappes ou du corps à corps, l'arrogance du métal aveugle déchirant des familles ou ce qu'il en restait, la peur éprouvée en croisant le regard d'un forcené guère plus fautif que vous, celui d'un vrai tueur. Ils ne pouvaient plus s'en passer. Leurs souvenirs les auraient achevés s'ils n'avaient pu les retremper dans l'alcool fort d'une menace imminente à juguler ; ils trompaient leurs souvenirs par l'action, les réabreuvaient au péril de leur vie. De toute manière, ils étaient perdants, eux, les héros mortels. Les souvenirs sont de fieffées pipelettes, et, pour leur part, ils étaient tenus de fermer leur bec, d'épargner toute complainte à leurs proches, de laisser les amis ou ceux-là qui se juraient tels en dehors de *ça*, de l'impossible *ça*. Parfois, bipés un soir en train de câliner maman, rentrés chez eux à l'aube, ayant pris entre-temps des hélicoptères furtifs, changé de fuseau horaire, sauté en parachute, essuyé des tirs et traité des cibles bien comme il faut, ils se retrouvaient bâillant et poussant le caddie familial au supermarché, hésitant devant les prix, reniflant les melons en promotion, farfouillant parmi les steaks surgelés, écoutant maman piapiater sur la cherté des choses ou les priant de se montrer plus attentifs, de se comporter en maris normaux. Et brusquement ils suffoquaient, le besoin viscéral d'être méchants avec les gentils leur tordait les entrailles, l'envie de bousculer ces éternels pousseurs de caddie, ces morts-vivants geignards. Ils sortaient respirer. Ils secouaient leur fatigue. Ils s'excusaient, les larmes aux yeux. Des larmes froides. Aucune émotion. Inutile de chercher à combler le fossé qui sépare la vie du citoyen routinier de celle, incompréhensible, de l'homme d'action.

C'est entre eux qu'ils pouvaient parler, raconter, vider leur sac. Le monde n'était pas joli-joli. Il était joli, mais affreux. Il était joli, il embaumait la femme et la fleur, mais il puait. Il était joli, délicat et repoussant, les étoiles filaient dans les yeux confiants des mioches que leurs aînés allaient *purifier*, village après village, non sans violer petits et grands, le tout finissant dans la fête, un barbecue maousse de nouveau-nés rôtis tout vifs à la broche, torturés à mains nues par les vainqueurs du jour. Parfois, regardant un match de rugby en vidant des bières, ils se mettaient à pleurer au souvenir du mirage afghan.

— Je suis en vrac, dit Rémus quand Frank se fut assis.

— En vrac de l'émission ?

— D'un peu tout.

Rémus raconta son week-end et sa matinée.

— Tu t'es fait piéger... Petite ESP[1] sur ton camarade Laniel ?

— Ces mecs-là bouffent du portable à longueur de temps, c'est du gâteau.

— On s'en occupe. On va faire causer ordinateur et portable. On saura vite fait qui l'a rencardé... À ton avis ?

---

1. Enquête sur personne.

— C'est toujours pareil avec les secrets d'État. C'est toujours quarante pèlerins à s'imaginer qu'ils sont deux au maximum dans la confidence. Et quarante pèlerins, ça fait des petits.

— Ou des petites.

— Tu veux dire Élyane ? J'aurais rêvé à voix haute de *Q 769* ? Tu m'accuses d'avoir des vues sur les miches d'un vieux porte-avions ?

— Ta femme, ou les maîtresses des autres.

— Ces connards d'oreillers ont la langue bien pendue. Arrache-leur la langue.

— On s'en occupe, t'inquiète. T'as de nouvelles instructions ?

— Le président était un rien nerveux, tout à l'heure... J'espère que lui aussi surveille bien son oreiller.

— On devrait tous s'acheter des futons, dit Frank, et dormir seuls – mais Rémus n'avait pas le cœur à plaisanter.

Par deux fois, dans sa carrière, il s'était retrouvé chez des gens dont le ou les gosses avaient disparu. Il faut leur parler, les faire parler, occuper leur attention : les forces de police font tout ce qui est en leur pouvoir ; elles disposent de moyens techniques prodigieux, les satellites, les contrôles, les écoutes ; il n'y a pas lieu de s'affoler. On entoure les parents angoissés, on les mène en bateau, on les endort, on croit les endormir ; tant que l'enfant n'est pas là en chair et en os, ils vivent un cauchemar, et le cauchemar peut encore empirer.

Depuis quarante-huit heures, Rémus vivait en enfer.

— Ne me dis pas qu'il est trop tôt pour paniquer.

— Faut bien espérer, quand même.

— Faut bien, ouais.

Frank s'agitait sur son fauteuil. Rémus avait fait entrer Popeye sur le sol national en violation des conventions onusiennes avec les belligérants. Le gosse avait peut-être un pied broyé, c'était la mission des ONG d'accueillir les blessés, pas celle des militaires français. Rémus, officier supérieur d'un corps d'élite, s'était vu taxer de trafic de mineur. On vous limoge un militaire pour moins que ça. Sans l'intervention du président, il était fichu.

Il était prévu que Popeye retournerait à Kaboul, via la Croix Rouge internationale, mais Rémus cherchait à gagner du temps. Qui l'attendait, Popeye, là-bas ? Personne. Les trafiquants d'enfants, les vrais, pullulaient. Depuis quatre ans qu'il était rentré, Rémus considérait le gosse comme un fils. Ils avaient un point commun : ils boitillaient tous les deux. Autre point commun : ils avaient connu la même guerre ensemble – un lien sacré.

— Le bémol des appels à témoins, dit Frank, c'est qu'on croule sous les témoignages. Alors imagine quand le demandeur est un flic !

— Tu crois...

— Non, coupa Frank, pas le temps...

En fait, il n'en savait rien. En fait, on avait sûrement liquidé Popeye. Quel intérêt, pour un ravisseur, de laisser courir un gosse dont le responsable légal arrête les bandits ?

— On l'a tué, dit Rémus.

— Possible, mais non : faible probabilité pour que le ravisseur soit un taré sexuel.

— Admettons... Si on ne l'a pas tué, on en a fait quoi ?

— On l'a...

Rémus ni Frank ne se racontaient jamais d'histoires. En son âme et conscience, Frank s'attendait à recevoir incessamment quelques MMS représentant le corps mutilé du gamin, sans un poil de commentaire autosatisfait. La photo, ni plus ni moins. Une trace informatique aux îles Caïmans, aux îles Alligators ou Perlimpinpin. Reliquat des plus nébuleux transferts d'un satellite à l'autre. Les hackers du service constateraient le brio des entrechats électroniques ; ils ne pourraient rien en tirer. Frank savait aussi que leur métier les portait au pessimisme, Rémus et lui, et qu'entre eux deux la bonne étoile avait du mal à briller.

— On l'a mis sur un compte bloqué.

— Chantage ?

— Déstabilisation, ouais. Ils sont quelques-uns de par le monde à t'en vouloir à mort.

— Au Noyau, pas à moi.

— On t'aurait écrit, ce serait pareil : *Cher monsieur, arrêtez de nous casser les couilles, et nous vous remettrons l'être cher que vous nous avez contraints à subtiliser. Par vos agissements à la Zorro-lave-plus-blanc, ne nous contraignez pas à lui faire du mal. Sentiments respectueux...*

Rémus refusait d'en entendre davantage.

— ... La rançon exigée, tu la connais, c'est : toute vérité n'est pas bonne à révéler, salopard de flic. À toi de voir si tu veux payer ce prix-là.

— Mais à qui, bordel ?

— On va trouver.

Rémus essaya d'examiner froidement la situation. Il n'avait aucune nouvelle d'Élyane et lui-même n'en donnait pas. Il l'imaginait barbouillée de sanglots à la maternité, contant ses malheurs à une frémissante brigade d'infirmières et de sages-femmes, en cercle autour de son lit. Eh oui, la solidarité féminine à la gloire du couffin nouvellement garni.

Il fit le tour de son bureau, ouvrit dans la cloison une porte gris métallisé qui donnait sur un lavabo miniature comme on en voit sur les yachts. Il se rasa, se lotionna. La porte refermée, il essaya de raisonner en flic. Il lui fallait un enquêteur, quelqu'un d'étranger à cette passoire. Enquêteur, profileur, fouineur... Ça se trouve où, une petite fouine. Sous le sabot de quel cheval ?

11.

Il consulta ses messages en déjeunant Chez Jacquot, une adresse basque. Les patrons, un couple
septuagénaire établi naguère à l'île Maurice, nourris-
saient leur nostalgie mascareigne à l'autobronzant.
Chez eux, c'était vert, un menthol très pâle appliqué
jusqu'au plafond, souvenir des grands lézards tropi-
caux.

— C'est moi, disait mollement la voix d'Anne-
Marie.

Une chance qu'Élyane ne l'eût pas reconnue. Elle
était obsédée par la blondasse du pressing, ainsi
appelait-elle l'Allemande qui l'avait aidé, lui, Rémus,
à comprendre le fonctionnement des machines, entre
la dose de lessive et la pièce de monnaie à insérer.
Inger, dix-huit ans. Pas mal. Trop jeune. Une fois,
une seule fois, il était monté lui dire bonsoir dans
son mini-premier étage du 5, quai de Valmy. Bonsoir, Inger, bonne nuit, re-bonne nuit, bonjour,
adieu.

— Qu'est-ce que tu fous ! disait la voix d'Anne-
Marie dans le message suivant.

Seize heures dix-neuf, celui-là. Élyane ne l'avait
sans doute pas écouté.

— Pourquoi tu ne décroches pas, espèce de planqué ? Ton appareil n'est pas un gilet pare-balles ! Ah, je porte la culotte que tu devais m'offrir pour Noël...

Clic ! faisait rageusement le Blackberry d'Anne-Marie à dix-sept heures quatorze, heure à laquelle, en dépit d'une rotule volage en kevlar à la jambe gauche, il s'efforçait de rattraper son épouse à la nage en direction des îles que la chaleur volatilisait à l'ouest.

Message du matin, onze heures quarante-deux :

— J'ai écouté Europe... Appelle dès que tu peux. Pourquoi tu m'as rien dit, pour Popeye ?

« Pourquoi » : le mot préféré des filles à travers les âges, et plus elles vous aiment ou prétendent vous aimer, plus ce pourquoi leur agace les dents, jusqu'aux ultimes ramifications du point G.

Il activa le numéro d'Anne-Marie. Sa pensée concevait une invitation à déjeuner dans l'immédiat, mais, en même temps, son index pressait la touche fin d'appel, et le lys aux papillons verts du fond d'écran reparut.

Douze heures quarante-sept, 27 août 2013.

Lapin, oui, et même gros lapin. C'est ainsi qu'elle avait tendance à qualifier les rendez-vous trop souvent manqués avec lui. Il l'appelait mon lapin, il posait des lapins à son lapin chéri. Il lui avait dit avant l'été : mais viens donc t'installer à l'hôtel Stirwern, sur la plage du Trez-Hir, je passerai l'après-midi. À sa demande elle était venue une pleine semaine, sous couvert de thalasso, et Rémus ne s'était pas montré une seule fois. Il passait devant l'hôtel et la désirait ; il l'imaginait en peignoir blanc, à la piscine, se morfondant, ou dînant le soir en solo sous une baie vitrée, avalant des potages clairs aux algues, ou des pétales de varech dégourdis à la vapeur, face à l'éclat mouillé des phares dans la nuit.

Elle était sûrement très en colère, et fallait-il d'ailleurs qu'elle le fût pour s'être manifestée sur son portable, un numéro qu'elle n'était pas censée connaître. Hélas, la plupart des secrets sont poreux.

Texto d'Élyane. Un texto : Je sais que t'en as rien à foutre, je perds la flotte ; même pas de quoi prendre un taxi.

Envoyé la nuit dernière sur le coup de minuit vingt-sept. Il y avait quarante-deux heures que Popeye avait disparu. Entre-temps, sauf impondérable majeur, le sort avait élevé Rémus au doux rang de père de famille. Petit papa Rémus. Rémus, papounet.

Est-ce qu'il en avait rien à foutre ? La question se posait bel et bien. S'il pensait aux hérédités que la créature avait dû glaner chez Élyane neuf mois durant, et qui faisaient qu'un jour elle téterait du gaz au goulot, elle aussi, par caprice, se jetterait par les fenêtres, parlerait petit nègre à des couteaux de cuisine bien aiguisés, câlinerait en pleurnichant des peaux de poulet rôti qu'elle appellerait mamie, ma petite mamie.

Rémus prenait des notes en déjeunant :

Dix-sept heures. J'arrive à la plage. Je laisse Popeye entre la sylphide et la dondon. Cellulite et seins en poire. Raquette rose. RAS.

*Dix-sept heures quarante-six. J'interroge la sylphide,
elle est dans les vapes, les yeux révulsés. Elle demande
où elle est. Elle geint. Elle se rappelle un petit garçon
qui lui creusait des tunnels jusque sous les miches. Il
était là, il n'y était plus. Elle n'a vu personne.*

*Retrouver la dondon : « Cherche grosse femme à cel-
lulite et maillot de bain deux pièces marron, brune, les
ongles des orteils peints en noir ».*

*Si les éléphants avaient des orteils, ils auraient les
mêmes.*

Retrouver la sylphide par les pompiers.

VÉHICULE D'ASSISTANCE AUX ASPHYXIÉS ET BLESSÉS.

*Sylphide : crise d'anorexie en milieu solaire. Une
sorte de ramadan superflu.*

Ah, texto d'Anne-Marie : J'aimerais être avec toi.

S'il l'appelait en retour, elle compatirait dans un
premier temps, mon pauvre Rémus, puis une grêle de
reproches s'abattrait.

Il l'appela : Pas le temps, dit-il. À quoi elle répondit : J'ai toujours du temps pour toi, c'est ça la différence. Le temps c'est de l'amour.

— Il se trouve qu'on ne t'a pas kidnappée.

— Justement si, je suis chez un masseur thaï, c'est
un vrai kidnapping, crois-moi... Ta femme est toujours enceinte ?

— Va savoir... Je vis depuis deux jours à la caserne.

— Un homme des casernes... Fred m'emmène au
concert, ce soir, je passerai en sortant.

— On ne te laissera pas entrer, je donnerai des
consignes.

— C'est ce que tu crois.

— La femme du ministre de l'Intérieur débarquant la nuit chez son amant à la caserne Nouvelle France, et pourquoi tu n'appelles pas directement *Le Canard enchaîné* ?

— Mais je compte bien en parler à Xavier, figure-toi... Tu n'as même pas besoin de t'occuper du poste de garde. À plus tard, mon cœur.

Elle avait raccroché. Une autre fois, il lui demanderait quel père Noël la renseignait sur des numéros qu'il n'aurait pas communiqués à son reflet dans la glace, et ledit père Noël verrait sa barbe et ses grelots confisqués, avec ses trente-six chandelles et ses ecchymoses de ramoneur du bon Dieu.

Ce lundi 29 août 2013, il s'en voulait trop pour en vouloir à quiconque. Bien sûr, il avait des ennemis, des mauvais plaisants dont pour la plupart il ne connaissait ni le visage ni le nom. Mais s'il n'avait pas fait d'Élyane un monstre de jalousie, le gamin serait aujourd'hui bien peinard à la maison, préparant son cartable en cette veille d'année scolaire. Ce gamin trouvé au pied d'un charnier...

Il s'interdit de penser plus loin, de croiser aucun souvenir. Il activa l'un des deux portables qu'il arborait à la ceinture, fit le numéro court de son pote Frank. « Paneurox », dit-il entre haut et bas.

Il déchira ses notes et partit s'en débarrasser aux toilettes : une chasse La Trombe ayant la force d'un châtiment. Ses mains tremblaient.

Il était quatorze heures trente. Garé en double file, Bruno l'attendait devant Chez Jacquot.

— Place Beauvau, dit-il.

12.

Au cours du rendez-vous qu'il eut avec son copain Xavier Pujol, il fut moins question de Popeye que de Benoît XVII, attendu le soir même au Collège des Bernardins pour une conférence extraordinaire sur le monde actuel. À dix-huit heures, il apparaîtrait au balcon de l'Hôtel de Ville, adresserait un message d'espoir à la foule, puis serait conduit sous bonne escorte au Collège où il rencontrerait la fine fleur de l'intelligentsia française.

On avait redoublé de précautions policières, et même envisagé une exfiltration de l'homme en blanc par les voies célestes, mais les Douanes signalaient un tel arrivage d'admirateurs et d'illuminés sur le sol national que l'on pouvait raisonnablement s'inquiéter. Comme chaque fois, c'était Frank, l'actif du « Noyau D », que Rémus avait chargé de superviser les divers scénarios possibles. Frank ne faisait pas dans la dentelle, et le nouveau pape refusant de s'exhiber tel un poisson d'aquarium derrière une vitre pare-balles, il avait sanctuarisé la place de l'Hôtel de Ville, réservée aux seuls invités du monde de la culture, sanctuarisé le Collège des Bernardins et les itinéraires qu'emprunterait le cortège pontifical entre dix-huit heures trente et dix-neuf heures. Depuis le matin, des nageurs de combat patrouillaient dans les eaux du pont Saint-Michel, la chasse se tenait prête à décoller, et seule une abeille piégée pouvait encore espérer menacer les organes vitaux du guide suprême de la chrétienté. Le ministre de l'Intérieur, Xavier Pujol, n'en voulait pas moins revoir avec son ami, sur écran plasma géant, le déroulé modélisé du dispositif que Frank avait concocté, mêlant armée, police et gendarmerie.

— Le chauffeur du pape ?

— Pas question du chauffeur ! C'est un Schleu, il a obtenu son permis dans la Stasi, il tient dur comme fer à son titre...

— C'est une blague, je crois, fit Pujol.

— SS : Sa Sainteté... Bref, Chat maigre au volant, GIGN à la place du mort !

— Qui d'autre, dans la bagnole ?

— Le cardinal-archevêque de Paris, André XXIV. *Bene pendentes*, lui aussi, on a vérifié. On n'a rien laissé au hasard, ils sont burnés comme il faut, ces gros cathos. Déguisés en gonzesses, mais de sexe couillu.

— Et toi, tu seras où ?

— J'y serai, t'inquiète, où veux-tu que je sois ?

L'Iphone de Rémus vibra. Mail des collègues italiens : l'avion du pape allait s'envoler d'Ostie. Il atteindrait Paris dans une heure quarante-cinq.

— J'y vais... Ah, on a quelque peu écrémé, chez les cultureux, sache-le : trop d'auteurs minables, de bas-bleus, de phraseurs...

En raccompagnant Rémus, le ministre l'entreprit au sujet de la nouvelle conquête du président, une certaine Jill. Anne-Marie ne croyait pas un instant qu'elle fût sincère ; mais, dès qu'il s'agissait du président, elle perdait toute objectivité.

— Tu la connais, c'est une môman, pour lui, une couveuse, ils n'arrêtent pas de s'envoyer des mails. Elle dit qu'il se fait toujours avoir, en amour. Tu en penses quoi ?

Rémus était payé pour agir et la fermer, même sollicité par un copain ministre de l'Intérieur autorisé à ficher les citoyens autant qu'il voulait, quoi qu'en pensât le pays. Il la ferma donc.

Xavier souriait, cherchant son regard.

— Tu lui manques. Va la voir, ne serait-ce qu'une seconde, je parie qu'elle arrivera à te faire parler. Elle adore cette histoire d'adultère avec la petite photographe...

Rémus avait pastillé lui-même le studio de Jill, la jeune artiste dont le président, comme chaque fois très mordu, faisait les beaux soirs, depuis le printemps dernier.

Il avait pastillé cinq autres alcôves dans Paris, une à Rambouillet, une à Saint-Ouen, autant de nids présidentiels qu'il fallait coûte que coûte garder secrets. Toutes ces midinettes étaient bien sûr animées de la plus noble libido, un pêle-mêle d'ambition, d'amour fou, curiosité, naïveté, crapulerie.

Jill se perdait en appels mondains chaque fois qu'elle espérait la visite de *monsieur Personne*, celui dont elle ne pouvait dévoiler le nom, celui dont elle taisait l'aspect physique, la couleur des yeux, la nationalité, les sentiments, les manies, par discrétion, celui qui risquait fort de la répudier et de se venger s'il découvrait qu'elle informait ses amis les plus chers de leur liaison. Certains l'imaginaient avec Poutine, et comme Jill gloussait, et que de surcroît elle parlait russe, aussi bien *VSD* que *Match* avaient publié des on-dit largement détaillés sur les penchants secrets du premier Russe pour Jill, une ravissante Parisienne créatrice de photos gothiques, fille d'un producteur de Canal +, qu'il retrouvait chez elle, avenue Foch, un studio de plain-pied avec jardin où le tout-Paris se plaisait à défiler. *Monsieur Personne* ou *monsieur Quelqu'un*, si l'on peut dire, avait vu rouge, furieux de la publicité faite à sa douce amie, non moins furieux de la confusion ainsi faite avec le tout-puissant chef de la maison Gaz & Caviar, car c'est ainsi qu'il appelait Poutine en privé, et l'Américain c'était Baba au rhum. Alerté, Rémus était passé voir Jill au studio, une nuit, ou plutôt l'avait attendue une heure durant, mal installé parmi les ossements d'un fauteuil Dracula qui embaumait la citronnelle. Il lui avait dit en russe : Taisez-vous. Il lui avait dit : M. Poutine n'a rien à foutre que vous couchiez avec le président français. Mais M. Poutine déteste les salades des petites femmes, compris ? Si vous, dire encore une fois M. Poutine à qui que ce soit, moi savoir. Moi, tout savoir. Si vous, dire au président français moi passer – moi savoir, et moi revenir. Et si moi revenir... Il était reparti comme il était venu, par la terrasse, le jardin, puis en voiture avec Bruno. Depuis, Jill se taisait et le bruit courait que le n° 2 russe s'était fait souffler sa fiancée d'Occident par le n° 1 français. Jill tremblait. Jill trouvait régulièrement des photographes sur son palier, ou des curieux perchés dans les marronniers de l'avenue, prêts à mitrailler ses embrassades avec le descendant spirituel de Staline ou celui de Napoléon. Elle avait écrit à Vladimir Poutine aux bons soins de monsieur l'ambassadeur Sergueï Raievsky, 40, boulevard Lannes, Paris 16e :

« Cher monsieur Poutine, je vous déclare avec toute mon obéissance et mon admiration qu'il ne faut pas m'en vouloir pour tous ces ragots sortis dans la presse française, je n'y suis pour rien, juré. Par contre, j'aimerais beaucoup vous photographier pour mon prochain album sur les contes de fées, si bien sûr vous avez un moment. Je peux aussi faire un saut à Moscou, à votre convenance ; s'il fait beau, on en a pour dix minutes et je sais déjà comment vous prendre... »

Rémus avait intercepté la lettre et balancé un SMS à Jill : Si vous, parler, si vous, écrire encore un seul mot Poutine, moi revenir.

Après ça, Jill s'était repliée sur un comportement de geisha modèle, ravie quand un motard de l'Élysée lui remettait en main propre des parures de lingerie, ne questionnant jamais monsieur Personne, le meilleur des amants, le plus sincère, l'unique, le providentiel, l'inespéré, répondant oui quand c'était un oui qu'il désirait, non quand il avait besoin d'un non, s'exerçant à la jalousie sans forcer la note, mais quand même un brin jalouse, donc triste, un peu désolée.

— C'est Anne-Marie, dit le ministre ; elle veut te parler.

Rémus écouta sa maîtresse lui annoncer qu'elle avait quelque chose d'urgent à lui révéler les yeux dans les yeux.

— Mais je n'en sais pas plus que toi, répondit froidement Rémus. La presse ment comme tu respires. Je te repasse ton mari... Je descends te voir une seconde.

Comme ils roulaient vers Toussus-le-Noble, un violent orage éclata, il fallut s'arrêter sur une aire. Rémus eut une pensée pour le Très Saint-Père, là-haut, ballotté par les éclairs de Yahvé.

Bip d'Anne-Marie sur la hanche droite, il répondit : Je suis au lit avec le pape, chérie : un coup d'enfer. À plus...

Au volant, Bruno souriait. On croit toujours que les autres ont des œillères.

Bip d'Anne-Marie. Il l'ignora.

Bip de Frank, à droite :

— Visite papale annulée, dit celui-ci, l'avion rebrousse chemin. Manif monstre des riverains à Toussus, avec sit-in sur le tarmac.

— Ils savent donc, pour la décision d'extension des pistes ? C'était pas secret ?

— Un connard a prévenu les quatre-vingt-quatorze communes.

— Balance un démenti.

— Le mec a mailé un compte rendu de séance top secret sur le refus de délocaliser le fret vers Vacqueray. Ce qui signifie clairement et officiellement que les vols de nuit vont s'intensifier. C'est la merde.

— On peut sécuriser Villacoublay ou Le Bourget.

— Trop long. Les accès à Paris sont bloqués, tout le monde veut voir le pape.

— Sur l'A6, on n'a personne.

— Ouais, pour sortir. Sinon, c'est le bordel.

— Qu'il atterrisse à Toussus, les gens se pousseront : Laissez passer Dieu, s'il vous plaît ! Gueulez-leur au mégaphone que Dieu a un problème technique et qu'il doit se poser en catastrophe, qu'il y va de la sécurité du monde.

— T'auras toujours un allumé pour se jeter sous les roues du zingue.

— C'est fait pour crever les allumés, comme les hérissons.

— Et si l'avion capote avec Dieu à bord ? S'il bénit la foule et qu'elle le prend en pleine gueule ?

— C'est chaud, d'annoncer l'annulation.

— Laisse faire les pros.

Rémus passa la soirée seul dans son appartement, l'escalier 7, caserne de la Nouvelle France, 2 bis rue du faubourg Poissonnière, une cité voulue par Joseph Darlan en 42 pour loger les familles des miliciens méritants. Pas déconstruite après la guerre, non. Du costaud.

Le poste de garde avait pour consigne : aucune visite sous aucun prétexte. Un ordre de Rémus était sacré. On ne savait pas très bien jusqu'où s'étendait son champ d'action et l'on n'avait pas forcément envie d'être au courant. C'était peut-être lui, après tout, qui dirigeait les affaires de la Nation. Il portait des jeans et des chaussures de toile, il allait souvent à pied, mais sur lui planait une rumeur.

Anne-Marie Pujol se fit refouler par les gendarmes quand, sortie de l'Opéra-Bastille, elle essaya de se faufiler à l'intérieur de la caserne. Son joli manteau d'organza crème, sa robe courte à boutons de nacre et ses jambes nues, son teint pâle un rien moucheté, son mystérieux parfum, sa chevelure ondoyante, ses yeux, sa voix, son rire mutin, sa jeunesse – elle n'avait que trente et un ans –, autant de laissez-passer qui n'émurent pas les flics au point de l'autoriser à pénétrer sous leur toit.

— Voyons, sergent, je suis l'épouse du ministre Pujol... Croyez-vous décemment que je serais parmi vous si je n'étais pas chargée d'une mission... je dirais singulière et délicate, par mon époux ?

— Singulière ?

— Singulière et délicate.

— Il nous faut un bordereau.

— Croyez-vous décemment que j'en aie un sur moi ? À moins que vous ne désiriez vérifier : vigie-pirate oblige !

Elle ouvrit son manteau, le sein palpitant sous une croix d'or.

— ...

— Vous avez la foi, camarade policier !

Elle se mordit la lèvre. L'énervement, une légère chaleur des sens, le désir tout féminin d'y arriver coûte que coûte, la peur désorientaient son élocution. Par deux fois elle s'était fait recaler au bac en appelant l'examinateur « inspecteur ». Monsieur l'inspecteur ! À se demander s'il s'agissait d'une confusion réelle ou bien d'un jeu. La troisième fois, elle était

118

passée haut la main grâce à la philo. Le sujet était :
La timidité peut-elle constituer un atout en société ?
Eh bien voilà, monsieur le recteur, je veux dire mon-
sieur l'inspecteur...

— ...

— Je suis au regret de vous dire, camarade sergent,
que vous allez devoir me fouiller. Ça vous dégoûte ?

— Je ne dis pas ça, mais...

— Non, je n'ai pas de soutien-gorge, alors vous
savez, ce sera du vite fait...

L'homme de garde, un jeune costaud plein
d'allant, bottes noires astiquées au crachat, se retint
d'avancer la main, de palper rien qu'une fois, pour
rire, oui, d'obtempérer aux injonctions de l'épouse
du ministre de l'Intérieur... Il ne s'emmerdait pas,
l'asticot, avec un mistigri pareil dans son plumard.

— ...

— Et, personnellement, j'ai horreur de ces choses
que vous appelez des strings. Je sais, les hommes en
sont coiffés, mais questionnez les jeunes femmes,
et vous serez surpris. C'est pour vous faire plaisir
qu'elles s'en affublent. Vous en pensez quoi ?

— Je suis de garde, Madame.

— Mais gardez, sergent, gardez précieusement
l'œil sur la rue... Si jamais les grands vilains terro-
ristes barbus venaient vous lancer des boules de
couscous piégées ! Je vous disais quoi ?... Ah oui, que
rien n'était plus charmant qu'une jolie culotte fine,
surtout pour dissimuler des...

— Vous ne m'aurez pas, Madame. Circulez !

— Est-ce que vous m'avez dit votre nom ?

— Damien.

— Le sergent Damien... Très joli. Et votre 06, Damien ?

— Madame, s'il vous plaît !

Elle se détourna pour appeler Rémus. Messagerie : Je suis à la garnison. Ton portier est un modèle vigoureux, un huit pouces, je dirais. Se laisser pénétrer pour pénétrer, comme dit Lao Tse. Voilà. Je n'ai plus qu'à franchir la cour et à gravir ton escalier 7. J'ignore l'étage. Je vais sonner partout. Au fait, est-ce que tu as un sèche-linge ?

Une chose qu'elle faisait divinement, à quoi pas un homme ne résistait : pleurer à grosses et chaudes larmes. Avoir l'air d'une petite orpheline errant au fond des bois.

Anne-Marie pleura, elle fut une lamentable fillette dont les deux parents, les frères et sœurs et toute la famille venaient de brûler vifs dans leur chaumière branlante à l'orée du bois. Elle fut à l'abandon sur la terre en loques, n'ayant plus nulle part où aller, sauf, peut être, et rien qu'une nuit, le charitable bâtiment construit en mai 42 pour héberger les sbires du maréchal.

— Eh bien, puisque vous ne voulez pas de moi..., hoqueta-t-elle en titubant d'un pied sur l'autre – et, rageuse, elle tourna les talons.

— Bonsoir, Madame.

— Empaffé !

Elle reprit place à l'arrière de la voiture ministérielle où son époux rêvassait. La visite papale annulée, il avait pu s'offrir une sortie en amoureux : un moment d'exception dans la vie d'un ministre de l'Intérieur. Et donc de sa chère et tendre.

— Faut-il qu'il aille mal pour se claquemurer, dit Anne-Marie.

— Sa femme est une salope, bâilla Xavier en lui touchant l'avant-bras... À la maison, Fred !

Il avait envie d'un câlin... Quand on pense que la plupart des époux réservent leur libido à des maîtresses ! Depuis sept ans qu'ils étaient mariés, Xavier désirait Anne-Marie comme au premier jour. Comme quoi, on peut désirer tout à la fois sa femme et la femme d'un autre.

— M'est avis que Popol est d'accord.

— Je lui mets un texto, dit Anne-Marie.

— Embrasse-le pour moi.

Chez lui, Rémus lut presque instantanément les mots suivants : Popeye en pleine forme. Un mail improbable du bout du monde. Je t'aime.

13.

Anne-Marie lui dit qu'il tombait mal en appelant si tard, et qu'ils étaient déjà au lit, Xavier et elle. Elle n'en savait pas davantage sur le mail, si ce n'est qu'il avait pour source électronique l'archipel des Aléoutiennes, entre la mer de Behring et le Pacifique. Il était destiné à Rémus, ministère de l'Intérieur, Paris. C'était son job, au ministère : constituer un élément décoratif de choix lors des cérémonies officielles et farfouiller dans la bulle informatique à l'affût d'échanges codés pouvant intéresser la Gendarmerie, voire le Corps spécial. On lui devait l'affaire Paneurox, cette gigantesque arnaque à la viande rouge, impossible à divulguer, ni même à stopper brutalement, un trafic si bien ficelé qu'il permettait aux Anglais de recycler des stocks de vieilles vaches folles qui arrivaient apparemment saines de corps et d'esprit sous les mandibules françaises, censément originaires d'Argentine ou du Brésil et maturées à quatre-vingt-dix jours minimum.

— Et cet accouchement ? dit Anne-Marie.

— Ça suit son cours.

— C'est né ?

— On t'enverra des dragées.

— Super, je dors. Bien des choses à la maman. Tiens moi au courant.

Elle était fumasse, la belle...

Popeye vivait donc.

Il bipa Frank : Popeye est vivant.

Rémus regarda le ciel étoilé. Il avait trouvé Popeye assis en tailleur au pied d'un tas d'ordures sous la neige, à Kaboul, le 21 novembre 2010, après une opération calamiteuse dans la vallée d'Uzbin où vingt-cinq paras avaient trouvé la mort, plusieurs d'entre eux égorgés au couteau. Il se rappelait avec quelle violence furibarde ce gosse de quatre ans, frigorifié, aux trois quarts nu sous un plastique de chantier, s'était débattu quand il avait voulu le porter jusque dans son blindé. Si Rémus avait bien compris, sa mère était *là-dedans* : il attendait donc sa mère, il devait rester là... Elle est où ? *Là*... Là, c'était la neige, le tas d'ordures, et, par-dessus, le vaste chahut des étoiles caspiennes. Ta mère est là ? Oui... Il avait dû l'emmener de force, jurant qu'il reviendrait chercher sa mère, il n'avait nul besoin de jurer si fort pour en être sûr. Il connaissait bien Popeye, le fils unique de Myriana, leur interprète afghane, envolée depuis trois jours. Peu après il découvrait à l'infirmerie le pied mutilé du gamin, la plante et les orteils brûlés, et la situation s'éclaircit. À l'évidence, Myriana ne leur avait pas faussé compagnie d'elle-même, elle s'était fait enlever et questionner par des Talibans toujours en quête de renseignements sur les impies. Aucune mère ne souffrirait de voir plonger dans les braises le pied d'un fils de quatre ans. Elle avait parlé, on l'avait égorgée, on avait jeté son corps de chienne aux ordures, à l'intention des Français. Cinq ans plus tard, Rémus pleurait toujours au souvenir de cette fouille macabre sous les étoiles. S'il avait aimé Myriana d'un tel amour alors qu'il vivait déjà avec Élyane, c'est qu'ils s'étaient rencontrés là-bas, nulle part, à la guerre, pays d'où on ne revient jamais, jamais sain et sauf, mais incompréhensible, comme étranger pour ceux qui croient vous connaître, vous aimer au fond du cœur. Le cœur, ah oui, bien sûr ! Mais l'indicible mémoire gonflée à bloc d'angoisse, le film à répétition d'un rêve encore plus vrai que les vifs instants du réel, qui mélange tous vos âges, votre âme d'enfant et votre âme de tueur des forces spéciales, le désir à outrance et la mort, l'amour et le désespoir, la peur, la cruauté, une ivresse de larmes secrètes. Qui peut vouloir entrer dans ce deuil au retour de l'enfer-paradis, ce deuil maléfique au goût de sang ?

Un soir qu'ils bivouaquaient dans les collines à soixante kilomètres de Kapisa, leur base en plein territoire taliban, et que régulièrement des accrochages enrayaient leur progression, on lui amena ce qu'il prit d'abord pour une garce des sables, une fille échappée d'un campement volant, une gamine piégée dont les explosifs avaient foiré. Elle ôta son foulard, dit quelques mots en français, puis regarda Rémus interloqué. C'était Myriana, partie depuis trois jours de Kapisa, arrivée par les pistes salées du désert pour le voir, uniquement pour le voir. Dans son baluchon, elle avait de quoi se laver et resplendir : l'eau d'une gourde française, un peigne et des cosmétiques, ses boucles d'oreilles en cuivre et des sandalettes de peau, sa robe de fête et deux citrons pour se purifier les ongles. Si les soldats ne l'avaient pas d'abord interceptée, c'est déjà belle et parée qu'elle serait venue à lui.

À l'aube elle s'éclipsait ni vu ni connu, trompant la vigilance des gardes, remportant jusqu'aux vestiges des citrons.

Paroles d'Élyane à son retour d'Afghanistan, il n'était pas rentré chez lui depuis dix minutes : As-tu connu des femmes, là-bas ? Réponse de Rémus : Non. Pourquoi ramènes-tu cet enfant ? Il a besoin d'une greffe de peau ; il y va de son pied. C'est arrivé comment ? Il s'est brûlé. Pourquoi lui en particulier ? Hasard, il attendait sa mère à côté d'un char- nier ; il allait mourir de froid. Sa mère, c'était qui ? L'interprète du camp ; elle espérait enseigner un jour à Paris. Toujours cette sacrée tour Eiffel ; tu ne l'aimais pas ? Non. Quel âge ? Vingt-deux ans, fille de berger. Belle ? Elle était brune, alors tu sais... L'air de dire qu'elle ne pouvait pas être belle à ses yeux à lui qui jurait n'être attiré que par l'épiderme anisé des blondes, et gêné par les goûts capiteux du Sud, si prisées que fussent en Europe les nocturnes Levan- tines aux yeux de braise, aux poils touffus. Il revoyait le stupéfiant tableau d'une Myriana couchée allaitant Popeye, la première fois qu'il avait croisé son regard, entré dans sa chambre à l'improviste, l'arme au poing, les nerfs à vif après plusieurs jours de chasse à l'homme. Tout n'était que silence et pénombre, excepté la pâleur d'un saillant bout de sein rose lui-

126

sant de bave et de lait clair entre les plis d'une chemise, et le visage confiant du gosse endormi bouche bée. Il s'était dit, la gorge sèche : Ôte-toi de là, petit, dégage !, pris d'une folle envie d'attraper à son tour cette mamelle et d'aspirer son jus... Elle t'aimait ? Non. Tu l'aimais ? Non... Élyane était devenue jalouse de ce non. La jalousie d'Élyane faisait des cercles concentriques autour de ce non. Elle était jalouse de son ombre, à son retour d'Afghanistan, de tout ce qui n'était pas sa chair à elle mêlée à tous les pores de sa peau à lui... Tu l'aimais. Non. Elle hurlait : Si ! Tu l'aimais ! Tu l'aimes ! Qu'est-ce qui me garantit qu'elle est morte ?... Et, de cet instant, Popeye concentra sur lui un potentiel de haine à la mesure de la douleur d'Élyane, enragée que la guerre, la plus moche et la pire des salopes, en somme, eût pu annihiler leur amour, leur invincible amour. Mieux eût valu pour lui tomber au champ d'honneur.

Le soir de son arrivée, lorsqu'elle avait posé la main sur lui, il fut gêné, et elle, mortifiée ; il alla coucher sur le tapis du salon, les yeux ouverts en dépit des narcotiques, enlacé par une femme en pleurs qui cherchait à désenvoûter ce bloc de chair dont l'âme était restée là-bas, sous les étoiles d'Afghanistan.

Rémus regardait la nuit par la baie vitrée. Non, Myriana, ce n'avait pas été une affaire d'amour. Il comptait ce qui lui passait par les prunelles : étoiles et reflets d'étoiles, moutons, femmes... Il se rappelait sa conversation avec Élyane, la nuit de son retour à Paris.

— C'était si dur que ça ?

— C'est des boulots à la con.

— Tu tuais des gens ?

— Qu'est-ce que tu veux foutre d'autre, à la guerre ? On ne veut pas le savoir, ici. La guerre est un mot d'autrefois.

On va se la prendre sur le coin de la gueule, elle arrivera, elle arrive toujours à se faufiler...

— Tu avais peur ?

— La peur se mélange avec le reste...

... Avec la baise, une trique de folie, tu enfilerais des cactus ou des boules de neige...

— C'est vrai qu'ils vous égorgent comme des moutons ?

— On a du répondant.

... On répond n'importe quoi, on riposte à coups d'avion, en pilonnant des maternités, des campements, des villages, des planques à Talibans, et t'as les civils au milieu, les petits gosses, les grands dadais, c'est boucherie pour boucherie... Tout juste si Myriana savait qu'il faisait partie de l'élite des Chats maigres, le meilleur au crapahut, au tir, à l'insomnie, à la nage, au coup d'œil, à la patience, au piège. Elle ignorait qu'il avait en charge les dossiers lourds du terrorisme dit pollinisant, de plus en plus actif en milieu taliban. Qui pourchassaient-ils à la frontière pakistano-afghane, un tracé jamais pris au sérieux chez les gens du coin ? Certes, t'as les chefs de guerre, mais pas moins de djihadistes, de fraîche obédience ou non, parmi lesquels une flopée d'islamistes français d'origine nord-africaine. Ceux-là mêmes qui se pressaient en Irak jusqu'en 2007...

Un reflet, là-haut, à trois heures de marche : on y va. Le trait fugitif d'une queue leu leu d'hommes en armes sur la crête : des djinns. Ils se fondaient dans le décor mouvant des rocailles et des sables, à mesure que l'on s'approchait. Ils passaient d'une cache à l'autre, courbés, irréels, les pieds chaussés d'espadrilles ou de brodequins volés aux infidèles. Ils faisaient la guerre en nomades, nichant dans les grottes, hébergés jusqu'au Pakistan.

— Tu veux m'en parler ?
— Pas utile, tu vois : c'est des emmerdes.

Et Paris n'en a rien à branler, on n'est plus dans la vie, chez vous, plus dans l'avenir, plus dans l'Histoire, et sûrement pas dans la réalité qui finit toujours par vous coller un lymphome entre les couilles ou des pronostics vitaux que l'on fourguerait à la rigueur à son pire ennemi ; la réalité, elle se fait niquer sur les blogs, c'est un complot, la réalité, une ordure de père Noël enculé par la bête du Gévaudan, on veut juste savoir combien ça coûte, un kilo d'essence à la pompe, et si le président canife un max son contrat sexuel avec lady C.

— Le jour où tu veux m'en parler je...
— Tu me reçois entre deux rendez-vous à Kles Gland ? Merci.

Le lendemain, Rémus dressait un lit de camp dans son bureau, pièce contiguë à leur chambre. Désormais, il habita ce bureau. S'il aimait encore Élyane, il ne l'aimait plus d'un amour amoureux, et le fait qu'elle réussît de temps à autre à s'empaler sur lui, ou lui à la pénétrer, ne signifiait pas pour autant qu'il la désirait. On dit que l'âme est triste au saut du lit. Rémus ignorait ce luxe douillet d'autocompassion. Il était absent, machinal. Avant, pendant, après. Suffisant pour ensemencer les belles. Les autres femmes, on arrive à les aimer, en chien lubrique après elles. On tire des coups forcenés dans des corps moins beaux que celui de l'épouse. Une épouse finit tôt ou tard dans la peau d'une mère, pour un guerrier, et lui dans la peau d'un grand fils fatigué.

Rémus n'avait plus envie d'elle, et sa grossesse le laissait indifférent. Un jour, il révélerait à ce gosse, son enfant, qu'il avait failli se noyer avant même de voir le jour. Et qu'à défaut de l'aimer, son père, dans cette cage de perdition, avait alors ressenti pour lui comme une pitié animale.

Mais non, il ne ressentait aucune pitié, pas vrai.

— Oui, Frank ?

— J'étais sûr que tu ne dormais pas.

— Ça fait trois fois que je compte les étoiles. Je n'arrive jamais au même résultat.

— C'est un chiffre pair ? Impair ?

— Impair.

— Non...

— Le mieux, c'est d'aller voir sur place... Prosper nous attend... Quelques langoustines bien fraîches, à l'ouest.

— Cap à l'ouest !

— J'aime ce gosse, Frank. J'aimais sa mère.

— Élyane le sait ?

— Les femmes savent tout, mais elles veulent des mots. Tant que les phrases n'ont pas franchi nos lèvres, elles n'existent pas.

Prosper, leur hélico, toujours prêt à décoller. Une heure et demie plus tard, ils se posaient sur la plage du Trez-Hir devant le camion-buvette où Popeye s'était sifflé un dernier verre d'eau.

Sans un regard pour la mer, Rémus chercha s'il retrouvait le tunnel creusé et le château fort. Ensuite il contempla l'horizon.

14.

Rémus et Frank avaient fini leurs sandwiches, deux sec-beurre que Frank prenait Chez Moisan, devant la gare du Nord. Intrigué par ce gros hélico noir posé à quelques mètres des flots montants, un pêcheur s'était vu conseiller de rentrer chez lui plus vite que ça. La mer commençait à se pourlécher sous les pieds des deux amis toujours adossés aux empierrements du parking. Sauf à la caserne, ils veillaient à n'être nulle part des habitués, des amis de la maison, sachant leur tête mise à prix malgré l'incognito qu'ils veillaient à respecter au travail comme au lit. Mais, hormis les bigorneaux ou les clams, et messires les rats, friands de marées basses, quels petits malins les auraient espionnés dans ce désert où salivait l'océan ?

Ils avaient bien parlé, tombant d'accord sur le fait que Paneurox, renaissant mais toujours en litige avec l'État français, avait tout intérêt à casser le moral des troupes, ces intègres fonctionnaires aux cheveux ras que le ministère public choisirait pour témoins. Le procès des abattoirs s'ouvrait à Paris le 17 novembre 2013 : État français contre société Paneurox. Ce procès ne demandait qu'à faire mal et à saigner si Rémus la ramenait. Il pouvait aussi jouer au con. Lycéen, il avait planché sur cette maxime édifiante : « Si j'avais la main pleine de vérités, je ne l'ouvrirais pas. » Voltaire ? Il avait obtenu la meilleure note en exposant que chez les Grecs la vérité n'appartenait qu'aux dieux ; l'être humain s'épuisant dans la chasse au dahu par ici, par là, impossible à saisir, à regarder au fond des yeux. Vérité supérieure à la vérité qui vous brûle les doigts et la pâte à cortex : l'espoir humain. Il avait intitulé sa rédaction : *L'Espoir humain...* 20 sur 20. Bravo, petit, pour une fois que la perfection est dans nos murs... Depuis, il appliquait cette loi du silence à ses mains. Il lui suffisait d'ouvrir une seule main pour dire la vérité. L'autre, il ne l'ouvrait jamais, nul besoin. Il faisait éliminer les mauvais plaisants trop actifs, sans leur dire pourquoi. Amen.

Au procès Paneurox, le gendarme Blanken se montrerait à visage découvert, en tenue. C'est lui et non pas Onyx qui commenterait les photos, les certificats médicaux, les documents, les accords frauduleux passés avec les Allemands de l'Est ou le Brésil, plaque tournante des vaches anglaises prétendument flambées sous les yeux mouillés des éleveurs, parmi les cairns de Stonehenge, qui décrivait la mauvaise hygiène et le non-respect du droit des bêtes à mourir dans la dignité, les liens avec la distribution. À aucun moment il ne citerait la source semi-policière à l'origine d'un tel crash. Que Popeye ne lui soit pas rendu sain et sauf entre-temps, et c'étaient les deux mains qu'il ouvrirait devant les juges de la chambre d'accusation, le 17 novembre 2013. Car Onyx avait découvert autre chose que les seules magouilles de Paneurox. Un secret jamais divulgué, secret duquel, en 2013, il était conseillé de rester à distance. La vache folle... Un mauvais rêve comme les tours du 11 septembre... Comme la Shoah... Comme la réalité si menue soit-elle ou si vaste, une fois l'ange sorti du jeu.

— Martinat m'a repéré. Il veut que je fasse dans mon froc, au procès.

— Suppose qu'il soit *clair*, objecta Frank.

— Bats Martinat tous les matins : si tu ne sais pas pourquoi, lui, oui. Il en redemande. Ça l'étonne que tu ne frappes pas plus fort.

— Il serait venu te chouraver ton môme au Trez-Hir ?

— Il y a tellement de fric en jeu. Tant de scandales, d'intérêts, de hauts personnages. Et n'oublie pas qu'il n'est pas seul.

L'hélico avait les patins dans l'eau. Eux, c'étaient leurs souples godasses de félins habitués à se fondre au décor, qui marinaient.

— Ce connard cherche un vétérinaire. J'ai quelqu'un pour lui.

— Elle est véto ?

— Ce n'est tout de même pas sorcier de piquer le cul d'une vache ou de prendre la tension artérielle à un taureau. On va la former.

— Si elle refuse ?

— La couche d'ozone la fait chialer. Alors, imagine un gosse de neuf ans...

— Et si on la reconnaît ?

— On va l'arranger ; Martinat n'aura aucune envie de la reconnaître.

— Mais s'il la reconnaît malgré lui ? S'il est abonné au principe de précaution ?

Rémus consulta sa montre :

— On le désabonnera.

— Dis donc, Prosper a la goutte au nez... Ce serait ballot qu'il s'enrhume !

15.

Puissance maximale, voilure engagée, Prosper l'Écureuil consentit à sortir ses patins des vingt centimètres de bain clapoteux où ils patouillaient. Speedo : 130 nœuds. Anémo : 12 nœuds. Ouest-nord-ouest. Altitude : 100, 200, 300, 350, 400 pieds. Procédure accomplie. Cap : 96 est. Vitesse sol : 135 nœuds nautiques. GPS. Trafic aérien, héliport d'approche Issyles-Moulineaux. Tarmac espéré : 3 heures GMT, Toussus. On met les feux ? RAB.

On survola Rennes, obscur amas dans l'insondable dérive d'un clair de lune en fin de règne.

— T'auras 48 heures pour la mettre au parfum, dit Rémus.

— Elle est végétarienne.

— Personne n'est végétarien. C'est une hystérie classique. Du *peace and love* à moitié nazi. Plus vert-de-gris que vert tendre. Ça vous mangerait les croix gammées en salade. Elle se met à la bidoche ou tu la transfuses au plasma d'artichaut.

C'était bien le bruit régulier d'une faux tranchant une épaisse herbe à lapins que les pales du rotor imitaient dans la nef de l'Écureuil.

Laval se déploya sous leurs pieds.

— J'en connais un qui nous doit une fière chandelle, entendit Rémus.

— Qui ça ?

— J'ai pensé qu'il allait au-devant de graves ennuis, c'est tout. Et, vu ton état moral du jour, on risquait d'assurer moyen.

— Juste un nom, s'il te plaît.

— Benoît XVII.

— Benoît... ?

— Notre père, à nous les chrétiens. Rudement bien fait de tourner ses blancs chaussons...

— Je crains le pire.

— L'instinct qui sauve, le bon geste au bon moment : ce sont tes propres mots.

— C'est toi qui as déclenché la manif du Bourget ?

— Il fallait bien que quelqu'un se dévoue, non ?

— Se dévouer ! Qu'un grand patron du Corps spécial ordonne la fermeture de vingt-cinq stations de métro, qu'il fasse boucler toute une capitale, mette la police et l'armée sur les dents, réquisitionne un brelan de Super Étendards, réceptionne les trois papamobiles, et parallèlement lance une foule de riverains mal embouchés à l'assaut de l'aéronef pontifical...

— Pas ma faute si, chez moi, l'amitié passe avant le sentiment religieux !

À Chartres, Frank engagea son Écureuil entre les flèches de la cathédrale et salua militairement son exploit.

En 1999, à l'âge de dix-huit ans, il avait connu six mois d'immobilité complète après un crash, totalisant vingt-six fractures des orteils à la boîte crânienne, via les maxillaires, sans compter une éventration, etc. Il était brillamment passé en Cessna monomoteur entre deux poteaux télégraphiques d'une voie ferrée qu'il estimait désaffectée, percutant un wagon citerne rempli d'eau de javel. Comme dirait la presse locale avec à-propos : ET SI Ç'AVAIT ÉTÉ DES ENFANTS AU LIEU D'EAU DE JAVEL ?

Au Corps spécial des Chats maigres, il était fameux pour ses patatras aériens miraculeux. Ce n'était jamais son erreur humaine à lui qui faisait tomber l'appareil. Il devait exister un sacré bon Dieu pour les fous volants. À quarante-quatre ans, il n'avait pas un poil de gras sur les hanches, et pas ça de claudication ni de stress, contrairement à Rémus, son meilleur ami. Ses trois premières missions en hélicoptère, trois cas d'école dans les annales de la maison, auraient dû l'éloigner à jamais des aéronefs. À la première, il faisait nuit noire sur le désert de Rub al-Khali, en territoire saoudien. Il était flic de bord. Il assurait symboliquement la tranquillité d'un groupe de journalistes occidentaux en route pour Riyad, dont une Italienne légère et court vêtue. Il somnolait du côté des bagages, affalé dans les filets au fond du Sikorsky birotor, quand le pilote avait déclaré tout de go : moteur principal en feu, crash dans une minute environ. Il avait ajouté : faudra pas traîner, les enfants, faudra... L'instant d'après c'était l'impact et Frank détalait au gré du néant, son Italienne sous le bras ; le souffle de l'explosion les avait jetés au sol ; le froid sidéral du désert les avait ramenés vers cette source de chaleur providentielle au milieu de nulle part : les débris incandescents de l'hélico. Voilà comment Frank avait connu sa future épouse, celle qu'il allait tromper sans relâche pour le restant de ses jours... La mission suivante, sur un appareil du porte-hélicoptères *Jeanne d'Arc*, avait fait une victime : une vache vendéenne réduite en charpie ; l'innocente avait servi de souple tarmac à l'hélico qui tombait en vrille, et de plus en plus vite, ses rotors en panne. Les consœurs ruminantes s'étaient prudemment égaillées dans la nature ; elle, était morte sacrifiée. Une idiote, avait décrété Frank au paysan furieux qui le menaçait d'un fusil, les autres se sont barrées. Réponse du ventre-à-choux : elle était sourde, ma vache, sourde et muette ! Et il avait tiré en l'air... La troisième mission se déroulait au Gabon. Frank escortait là-bas de gros *richmen* du combinat pétrolier Total. Pas la tournée des grands-ducs, disait-il, mais des oléoducs. Leur pilote, un militaire gabonais, avait posé l'appareil au crépuscule sur un terrain de foot. En redécollant, l'appareil s'était élevé de quelques mètres, puis cabré comme un animal de parade. La queue de l'hélicette s'était prise dans la cage des buts, et la cage balancée comme une cloche de Pâques avait heurté les gradins, l'hélicoptère s'était cassé en deux. Pas de presse locale pour titrer : « UN MIRACLE QU'AUCUNE ÉQUIPE DE JEUNES ADOLESCENTS GABONAIS NE SE SOIT ENTRAÎNÉE À CE MOMENT-LÀ... »

— Eh, Rémus ! T'as dit toi-même que t'en avais rien à branler, du pape !

— Il venait en France chercher des clients, mais c'est pas une raison pour massacrer le boulot. Est-ce que tu te rends compte de ce que tu as fait ? Il s'agissait d'établir un dialogue avec les musulmans.

— Il y aura toujours des musulmans avec qui dialoguer quand il reviendra.

— Et si tu la fermais ?

Il la ferma. La rouvrit :

— Tu baises en ce moment ?

— Sans désir.

— Pourquoi tu baises ?

— Radotage... Et toi ?

— J'aime ça.

— Désirer sans aimer... Moi je veux palpiter... Je veux qu'elle palpite en pensant à moi. Je veux qu'on n'en puisse plus d'amour, de désir.

— T'as ton cœur dans les couilles, toi...

— Je suis un sentimental.

— Je suis un génital chronique, le sentiment disparaît avec le plaisir. Je t'aime, je jouis, casse-toi.

— Ça dépend de la fille.

— La fille, elle, c'est : je t'aime, casse-moi, je jouis...

— N'importe quoi !

— ... Elle jouit, elle veut son câlin postorgasmique. Ses larmichettes d'orphelinat, son histoire au coin du feu. Son douceâtre blabla questionneur, en se collant à toi comme une otarie pâmée...

— Tu crèveras seul.

— Je crèverai avant d'être seul...

Après quelques instants :

— ... À moins, soupira Frank, que j'en rencontre une qui me fasse changer d'avis sur moi.

Rémus et Frank s'étaient rencontrés par une fraîche nuit d'hiver, au début des années 90 à Château-de-Vincennes. Le job de Rémus consistait à prendre place dans certains autobus où les bandes semaient leur grabuge au sortir des boîtes. Il bavardait sur le trottoir avec le chauffeur du 89, à trois heures du matin, lorsqu'il avait vu surgir de l'ombre ce jeune type couvert de sang, torse nu, les mains dans les poches, pressé de voir le bus démarrer. Et voilà l'histoire qu'il servit, sitôt que le bus, portes refermées, eut pris son élan sur les chapeaux de roues, poursuivi par des types écumants qui martelaient le plexiglas à coups de poing. Frank avait rencontré Nelly à la Foire de Paris trois jours plus tôt. Elle l'avait invité à passer le week-end chez elle, au rez-de-chaussée, côté rue, cité Surcouf, à Nogent-sur-Marne. Une fille magnifique, excellente cuisinière, non moins excellente éducation, d'une gentillesse comme on n'en fait plus. Tout à l'heure, à minuit précisément, ils étaient au lit quand on avait sonné à l'interphone.

— Mon Dieu, c'est Germain !

— Germain ?

— Un garçon que tu ne connais pas. Il devait être au match, à Béziers.

— Tu as un mec ?

— Il est rugbyman... Ah, il ne sonne plus. On se rendort, mon...

La fenêtre avait alors volé en éclats et, dans la bourrasque d'air frais venu du dehors, Frank avait flairé un grandiose effluve de pastis. L'instant d'après, on le sortait du lit, deux malabars l'empoignaient pendant que

Germain, tout à poil qu'il fût, lui faisait passer le goût de baiser la femme d'autrui.

Frank avait dit : il va me tuer, les gars ; on l'avait alors laissé filer.

Nelly lui avait jeté les clés de sa voiture par la fenêtre, mais il avait jugé préférable de prendre ses jambes à son cou. Huit kilomètres de la cité Surcouf au Château-de-Vincennes avec les trois rugbymen à ses trousses... À quelques jours de là, Frank avait eu la surprise d'ouvrir sa porte à Nelly qui lui rapportait, bien repassés, slip, chaussettes et chemise abandonnés sur le terrain dans sa fuite précipitée.

Ils restèrent silencieux jusqu'au Mans.

— Cathédrale Saint-Jules à deux heures... Demande autorisation de passer entre les tours...

— Abstiens-toi.

— Elles sont à moitié romanes, ça complique un peu les choses.

— Les pales du rotor sont plutôt gothiques, c'est difficilement conciliable.

— En travers, peut-être, on passerait de justesse, mais on passerait.

— Fais chier ! fit Rémus. Je vais aller voir cet enculé moi-même !

— La pire des idées. La seule chance de revoir le gosse en bon état, c'est de laisser faire Onyx.

— Une manœuvre de diversion, peut-être... ? Et si tu soupçonnais quelqu'un ? Si tu te laissais interviewer de manière un peu *people* par *Le Figaro*... Comment s'appelle cette gonzesse de la télé qui t'accusait de l'avoir violée ?

Le président bipa Rémus comme ils atteignaient Meudon, approche finale. Il était chez Jill et avait un petit creux. Il se demandait si c'était une bonne idée d'aller manger des Prat-ar-coum à Rungis où livrait son ami le mareyeur Yvon Nedelec, Breton lui aussi. Vous êtes partants ? Aucune photo en sortant avenue Foch. Il faut purger les abords, les buissons des squares et surtout les marronniers... Amène Bruno, on fera comme si Jill était son copain. On va rigoler.

Donc quitter ensuite Prosper, et puis Frank qui avait lui-même rencard à toute heure chez une petite bien lunée.

Rémus franchit la grille luisante de la contre-allée. En suivant les dalles, il pénétra dans l'immense hall de marbre rose, prit l'interminable couloir à tapis grenat, compta huit portes et sonna quand il vit le poster du baigneur noir à livrée rouge sur la neuvième. Après douze secondes d'attente, il bipa le président. Néant. Il entra dans l'appartement et, au premier coup d'œil, constata qu'il était désert. Un lieu paysager à l'américaine où flottait une odeur intéressante, intermédiaire entre goût naturel et arôme construit des parfumeurs. Lit défait sous des harmonies d'Andy Wharol *underground* ; coin bureau baignant dans une pâleur de luminaire où chuintait une lampe sur le point de griller. Vêtements roses épars sur un puissant fauteuil Dracula. Fauteuils à air comprimé couleur bulle ou vessie de mer. Halo dansant d'un ordinateur. Enfin, au fond de la baie vitrée longeant la nuit noire, un voilage ondulait.

Il entendit rire au-dehors et s'approcha du jardin. Il pleut, ou c'est moi ? se dit-il, perplexe, la main tendue. De quelle illusion suis-je encore le jouet ? Les embruns d'un arroseur intermittent lui sautaient au visage. À travers les gouttes, il distinguait deux silhouettes en chair et en os, deux êtres hilares courant en rond l'un après l'autre. Une main brandissait le cadavre d'un nouveau-né. L'incessant caquetage de Jill croisait le rire gorgé du président qui semblait vouloir dire qu'attention, il s'y connaissait en bébés Cadum ! Et tout ce beau monde avait l'air on ne peut plus à poil.

Rémus avança tranquillement sur la terrasse et s'assit à la table de fer, les pieds posés sur le plateau. Aïe, son genou le tiraillait. Les deux hurluberlus s'ébrouaient toujours sous les constellations. Ils passèrent devant lui pour disparaître en pouffant vers la salle de bains, laissant derrière eux le souvenir de popotins couleur veau. Un baigneur articulé traînait sur la table. Il le flaira, le désarticula davantage, lui mit les pieds dans les oreilles et la face entre les omoplates. Toute une pouponnière de celluloïd dardait çà et là des yeux morts qui flambaient d'espoir. Il mit son oreillette et fit défiler ses messages : ... Anne-Marie s'excusait... son ami Claudius lui disait être à Venise dans un palais tous frais payés, il serait après-demain dans l'Oise et ne demandait qu'à le voir... plusieurs nanas rivalisaient d'impatience... Rire d'Élyane...

Apercevant par la baie vitrée le président rhabillé, jean et col roulé crème à torsades, il le bipa.

145

— Tiens ! plaisanta celui-ci quand Rémus se fut glissé dans la pièce entre les voilages. Voilà le hallebardier... Dis-donc, c'est bien toi dont la femme est enceinte ?

— Disons, la femme dont je partageais les nuits jusque-là.

Entre les bras à tête de mort du fauteuil Dracula, un baigneur cadavérique paraissait n'avoir d'yeux que pour Rémus.

Jill roula ses menues mécaniques hors de la salle de bain, collants noirs et soutif noir et or, la chevelure enturbannée dans une serviette-éponge. Parvenue au milieu du salon, elle manqua d'assurance, dégrafa son soutien-gorge et l'abandonna sur un bras du fauteuil Dracula, en essaya deux autres qu'elle semblait puiser dans une commode Louis XV argent métallisé, et qui retombaient pétales chiffonnés à ses pieds ; elle renonça, passa un haut de satin nacré à même la peau, le retira comme s'il la brûlait, tirailla l'ongle d'un pouce entre ses dents, et, pour finir, l'air revêche, fourra vivement ses seins dans les immatériels bonnets noir et or du premier soutif qu'elle agrafa, dégrafa, puis, manœuvrant dos tourné jusqu'à Rémus et maintenant de ses doigts écartés sa chevelure relevée sur la nuque.

— Attache-moi, souffla-t-elle.

— Moi jamais agrafer petite femme de président, marmonna Rémus à l'oreille de Jill. Surtout quand président être là, président pas perdre une miette.

Jill eut un soubresaut de renard électrocuté ; elle se retourna, folle de peur, bouche pendante, le poing ferme entre ses seins.

Du fond d'un club pneumatique irisé, une télé-commande entre les doigts, le Raminagrobis élyséen les zyeutait en souriant.

Le président avait dit : des huîtres de Prat-ar-coum... À cinq voitures noires, ils furent à Rungis manger les huîtres, et le président consentit à serrer quelques pognes par-dessus les épaules houleuses de ses gardes du corps. Ils mangèrent aussi des bouquets du Fromveur, des civelles de Toul-ar-bara, des frites et des pêches-abricots du jardin. Bruno, le seul à boire du vin, prenait à cœur son rôle de boute-en-train occasionnel. Il pétrissait la fiancée du président comme une brioche pascale, lui mordillait la nuque, et Rémus voyait bien qu'il la galochait hardiment dans l'oreille lorsque le président avait la tête ailleurs. Bonne marche à suivre pour finir ses jours et ses nuits sous les pneus ingénus d'un poids-lourd.

Rémus, l'ensemble pieds-chevilles brûlé par des chaussettes encore imbibées d'océan, regardait Popeye avachi devant le tas d'ordures enneigé, ses genoux dans les bras. Bon Dieu, s'il te plaît... Depuis combien d'années ne s'intéressait-il plus à cette chose qu'on appelait Dieu ? Ça n'était pas en chassant Benoît qu'on allait donner envie d'exister à cet enchanteur de paralytiques et d'enfants volés. Onyx, s'il te plaît. Onyx...

Il se leva, prétextant... Ne prétextant rien.

17.

Onyx sauta sur le scoot et fila vers La Pitié-Salpêtrière. Après la journée qu'elle avait passée, tout lui semblait une bonne nouvelle, même un appel venant de l'hôpital. Est-ce qu'elle avait compris seulement ce qu'on lui voulait ? Une amie d'enfance souhaitait lui parler. Elle n'était pas au mieux de sa forme. Elle avait besoin d'un conseil. Important ? À vous de voir.

Onyx se connaissait jadis une amie, Mariana, une Yougo qui tombait enceinte une fois l'an.

Pavillon Jacquard. Chambre 16.

La porte n'était pas fermée. Elle risqua un coup d'œil. Le lit était vide.

Elle tourna les talons, traversa la salle d'attente et s'arrêta net : on l'appelait.

— Céline ?

Deux syllabes qui vous cimentaient le bout de la langue au palais.

Elle se tourna, vit un corps juché sur une civière, un poignet couleur de bougie, un bras maigre où s'enfonçait une perfusion, une masse de cheveux blonds auréolant un visage légèrement bleuté. Elle croisa un regard.

— Je suis ta mère.

Ce n'était pas ainsi qu'elle avait imaginé les retrouvailles avec sa maman, Héléna Planché, née Berdiaev, originaire de Russie, comptable, championne de patin à glace à Moscou.

Ma petite fille, je n'avais pas choisi la maternité. Je te laisse mon bracelet d'onyx...

— Je t'attendais, j'ai besoin d'un conseil.

C'est lui qui t'a appelée Céline. Moi, je voulais Héléna.

Elle toucha la main qui s'ouvrait sur le drap. C'était mécanique, sans chaleur. Onyx ne doutait plus que l'amie d'enfance, la très vieille amie d'au moins quarante ans, fût sa mère. Elle avait pleuré des millions de larmes, quand elle avait quitté la maison. Elle était allée aux gendarmes, à la mairie, elle avait écrit au pape. Elle avait haï les nouvelles mamans que son père amenait sous leur toit, lesquelles d'ailleurs le lui rendaient bien. À neuf, à dix, à onze ans, elle imaginait que l'émotion l'anéantirait si, par hasard, on lui rendait sa maman. Et l'émotion ne l'anéantissait pas, elle ne ressentait plus les douleurs de l'enfance qu'elle avait perdue. On l'avait bien battue, pourtant. On la mettait debout dans la baignoire, on ouvrait la douche froide ou chaude, on la frappait avec une ceinture. Et tant qu'elle gardait les yeux ouverts et répétait : C'est toi qui as chassé maman, elle dérouillait – trop chaud, trop froid. Elle s'endormait sous les mandales, mais ses lèvres continuaient d'articuler : C'est toi, c'est toi... Un ceinturon de l'armée, noir, avec un surnom de bordel : Mirza. Une ceinture appelée Mirza. Attends voir un peu, Mirza.

Je voulais m'appeler Héléna. Comme toi.
Elle avança la tête et dit :
— Tu m'as retrouvée comment ?
— Par ton père.
— C'est drôle, il ne m'a jamais trouvée, moi. Tu étais passée où ?
— La débrouille. J'ai fait des conneries.
— Ça fait seize ans, maman. C'est quoi, ta vie ?
— SDF, je crois.
Onyx redevenait la gosse tyrannique et fouineuse qu'elle avait été avant que sa mère soit partie.
— Il t'arrive quoi ?
— Des trucs de santé.
— T'as l'air fatigué. C'est quoi, ces trucs de santé ?
Sa mère dit à voix basse :
— Je ne tiens pas à mourir. Mais pas d'acharnement non plus...
Onyx partit aux nouvelles. L'infirmière était celle qui l'avait appelée au téléphone. Son amie d'enfance avait besoin de soins particuliers. Le professeur la recevrait dans un moment pour lui donner un avis. Sa mère n'étant pas assurée sociale, on ne pouvait la garder.
— Si elle est malade, elle restera ici, décréta Onyx.
— Ça n'est pas si simple...
— En fait, il suffit de payer.
— D'être assurée sociale, mademoiselle, c'est suffisant. Les frais sont alors pris en charge par l'association du professeur.
— J'ai pas de quoi payer, fit Onyx.
— Nous soignons les assurés.
— Et les autres ?

151

— Nous n'avons pas le droit de les soigner.

— Ils crèvent ?

— Ils vont ailleurs.

L'infirmière la regardait. Le portable n'arrêtait pas de vibrer dans la poche d'Onyx. Elle avait quitté le boulot sans prévenir Tzion ni même « dépointer ». Tzion exigeait qu'elle pointe en arrivant à la boutique et dépointe quand elle s'absentait. Il payait quand elle pointait. Il disait : T'avais qu'à dépointer, comment je peux savoir... ?

— Vous habitez où, mademoiselle ?

— Mon adresse ? C'est ça que vous voulez ?

— Si vous en avez une.

Elle en avait une, et deux loyers de retard. Elle allait répondre quand le professeur arriva.

— Bureau cinq, dit l'infirmière.

Onyx voulut aider sa mère à marcher, un bras glissé sous son bras. Elle sentait dans sa main le poids dérisoire de sa mère. Elle aurait pu la lancer contre la pierre grise des murs et les écraser, elle et son cancer. Elle pesait comme elle, à quelques grammes près. Elles faisaient partie d'un royaume à part, toutes les deux, créatures minces, ténues, facilement soufflées par le vent.

— Bonjour Madame Maillard, vous vous sentez comment ?

— Ça dépend.

— Je vous sens très angoissée ; pourtant, il y a du positif dans le dossier. Vous vous sentez comment ?

— Ça dépend de vous, docteur.

Onyx vit une infirmière en blanc, les lèvres peintes en rouge et qui souriait.

— Elle a quoi, ma mère ?

— Un kyste au sein, je n'en sais pas davantage.

La mère parle :

— Dites-moi, docteur, est-ce que c'est guérissable ?

— Avec le cancer, on ne parle pas de guérison. Mais vous allez vivre.

— Je vais perdre mon sein.

— Vous allez vivre. Qu'en pense votre fille ?

Il se tourna vers Onyx qui ne parvint qu'à bredouiller.

Il dit :

— Pas de reconstruction mammaire immédiate. Imaginez la mort d'un petit chat. Vous n'accepteriez pas qu'on le remplace aussitôt. C'est pareil avec le sein. Nous le reconstruirons plus tard. En attendant vous allez vivre.

La mère dit :

— Le docteur Germain m'a assuré que je pourrais garder mon sein.

— C'est votre liberté, mais je déconseille ce choix... Vous subissez un cancer agressif... C'est lui que nous allons traiter en priorité.

La mère baissa les yeux.

— Je veux garder mon sein.

— Vos mains Madame Maillard, elles tremblent depuis quand ?

— Elles ne tremblent pas.

— Il est normal que vous soyez très angoissée. Je vous prescrit un antidépresseur...

Onyx vit sa mère reposer les mains sur ses genoux, doigts écartés. Après quelques secondes, en douce, elle les souleva, les regarda trembler. C'étaient les mains qui tournaient délicatement les pages de ses livres d'enfant, avant d'éteindre la lumière, et qui vous caressaient la joue. Sa mère l'avait abandonnée.

Allongée sur le lit de camp, Onyx envisageait un plan pécuniaire à rendement immédiat : attaquer un fourgon de la Brinck's. On chourave les gros sacs à la barbe des convoyeurs trop étonnés pour faire usage de leurs armes, et on prend ses jambes à son cou. On laisse quelques billets voleter en souvenir, comme les Dalton. C'est contraire à la loi, aurait dit John, son amoureux à Greenpeace ; on n'est pas des voleurs, mais des militants. On est en guerre contre les lobbies. Oui, mais sauver sa mère est un devoir supérieur à la loi.

Dans le lit d'à côté, Héléna finit par s'endormir, et sans le battement du moniteur, on aurait pu s'inquiéter. Onyx avait moins l'impression de retrouver une maman, sa maman, qu'un organisme délabré. Les retrouvailles auraient lieu plus tard, quand elle irait mieux. Elle guérirait quand elle serait soignée par des experts au-dessus du lot. On en revenait toujours au même point : l'argent. L'argent fait des miracles et n'importe qui d'un peu doué pour le bonheur arrive à s'en procurer jusqu'à plus soif. Tiens, rançonner l'infirmière. Surprendre un Chinois à la sortie du poker de la rue Frochot. Dévaliser un des gros taxis club-affaires en maraude le long des sex-shops. Suivre un mac d'un bar à l'autre et le plumer devant sa bagnole quand il se gratte les couilles. Plumer deux mecs dans la nuit du côté des kebabs de l'impasse Véron ; à trois ils se passent le mot, dans les bars, et le quartier prend feu. Elle pouvait aussi braquer une étrangère en voyage de noces faisant la queue pour des clopes au bar Le Clichy ouvert toute la nuit... Que de chats bien gris et bien dodus, que d'argent frais en perspective, ma vieille ! On entendait partout que les bourses peinaient, que le pays crevait la faim, que la crise empirait. Des informations. Encore un coup des juifs. Ça va mal ? c'est les juifs, les arabes, les noirs, c'est les autres, c'est toutes ces saloperies qui ne sont pas nous.

Onyx finit par s'endormir à son tour.

Le lendemain, ayant réservé une belle chambre avec baignoire et jets sous pression à l'hôtel Astoria, celui qui donne sur le Sacré-Cœur, elle entra dans la pharmacie de la rue Frochot, à côté du bordel, se cagoula d'un collant crème et enjoignit la petite Malienne en blouse blanche, aux ongles roses, de lui remettre la caisse sans alarmer quiconque. Elle eut juste le temps d'apercevoir les liasses chatoyantes de billets verts, roses, marron, bien rangées dans les cases du tiroir, puis elle entendit contre son oreille une voix d'homme. Cette voix la dérangeait, mais lui disait quelque chose :

— C'est la police, cocotte, arrête de grincer des dents.

— C'est qui ?

— T'as toujours les cheveux rouges, mais demain tu seras blonde. Une fausse blonde.

Elle se redressa, s'ébroua. Elle avait son jean en boule écrasé sous la joue, et le portable jactait en mode haut-parleur à travers sa poche : il lui conseillait de répondre en vitesse, la priait de s'habiller, et, s'il te plaît, pas comme un sac !

Ce n'est pas qu'elle s'habillait plus mal qu'une autre, c'est qu'elle s'en fichait. Pas tant que ça, d'ailleurs : elle collectionnait les tee-shirts noirs animaliers, ornés de pieuvres mauves ou de scorpions vert hollywoodien. Elle allait en jean et Converse et, l'hiver, mettait un caban noir de la marine anglaise ou un blouson clouté déniché aux puces de Clignancourt, avec d'increvables godasses Doc Martens trouvées d'occasion sur le net. Elle achetait slips et soutiens-gorge au Monoprix du faubourg-Poissonnière, de la bonne came aux coloris naturels. De loin, on aurait dit un moussaillon mal nourri. Rémus l'avait jaugée au premier regard : pas de seins, pas de chair, pas de santé, le squelette à fleur de peau, l'air ombrageux. Il était friand des pulpeuses au poil blond.

Tout effacée qu'elle parût, Onyx avait quand même une vie bien à elle. Entre quinze et dix-sept ans, elle s'était fait ramasser par trois fois sur la voie publique, ivre morte, et bien sûr la nuit. Une fois, quai de Jemmapes, un bras nonchalamment tendu vers le canal, si bourrée de substances hallucinogènes qu'elle avait dû subir un lavage d'estomac. Une autre fois à Mitry-la-Vallée, à peu près nue sur la banquette du RER B au dépôt, en compagnie d'un homme assez nettement plus âgé qu'elle – en fait, le chauffeur de la rame. Enfin, toujours dans le RER, un soir où on s'écrasait comme des anchois, elle avait planté son canif dans la cuisse d'un voyageur qui s'était mis à rugir sans que personne autour sur l'instant ne comprît pourquoi. Explications d'Onyx après des heures de garde à vue où les flics la regardèrent sucer alternativement son pouce et le revers de son caban : ça n'est pas tant qu'il avait mis un doigt dans mon vagin, c'est qu'il ressemblait à mon père.

Fut une époque où elle couchait avec à peu près tout un chacun, et c'était pour elle un signe de bonne éducation. Elle était la fille qui couche avec tout le monde après qu'on a payé l'addition des bières et des cigarettes. Le critère, c'était la bière et les cigarettes. Elle se demandait pourquoi tant d'inconnus aimaient se mouvoir sur elle dans l'obscurité. C'était bien aimable à eux d'apprécier sa compagnie. Certains lui chipaient son slip et elle enfilait son jean comme ça. Elle avait attrapé des condylomes, on l'avait cautérisée avec un appareil qui grésillait et ressemblait à un fer à souder. Tout un hiver elle avait dû pommader la muqueuse, la peau se détachait par lambeaux, elle en profitait pour se caresser un peu. Un peu, oui, mais il fallait qu'elle soit vraiment très énervée. Elle ne couchait plus avec personne, et quand elle avait rencontré John, à Greenpeace, elle avait pu lui garantir qu'elle était vierge, et, coup de bol, c'est pendant les règles qu'il lui avait fait sa première pénétration.

Trop de gens n'en peuvent plus, pensait Onyx. Trop de gens ont mal en silence, on les voit sans les voir, on leur marche dessus, on leur écrase la gueule. On trouve agaçant qu'ils tournent en rond sur les trottoirs, les yeux en l'air, trois pas vers l'ouest, trois vers le sud, le tour des points cardinaux par le simple jeu des talons. Onyx aurait pu remplir de barbituriques son petit ventre plat, elle aurait pu se laisser happer sous l'autobus, mais elle était allergique à la douleur. L'idée de coucher son corps sur les rails dans le tunnel du TGV Atlantique, après Montparnasse, ou de se trancher le bleu des veines au niveau du poignet, ou de s'immoler avec du pétrole en feu, cette idée-là lui causait des élancements de la gorge aux sphincters.

Une autre raison la poussait à vivre : personne ne connaissait son nom ni son cœur. En mettant fin à sa vie, elle mettrait fin à quoi ? À personne, à rien. Elle voulait léguer à quelqu'un son nom et son cœur, à supposer que ce quelqu'un existât un jour. Elle lui dirait ce qu'elle disait aux autres : j'avais douze ans quand j'ai quitté la maison paternelle et n'y suis jamais retournée.

Les jobs humanitaires qu'elle trouvait ne procuraient pas d'argent. Chichement payée sur les fonds spéciaux du ministère de l'Intérieur après son passage à Paneurox, n'arrivant plus à joindre Rémus au téléphone, Onyx avait fait la tournée des annonces. *Cherche vendeuse, formation assurée, bon salaire à discuter.* Une offre alléchante, il faut bien dire. Il s'agissait d'un travail dans un bar de la rue Frochot. Bulles, champagne, glissements progressifs, argent bien mérité. On la déguisa en pute, elle s'assit au bar et bouscula ce qui se voulait sans doute un premier client. Elle prit ses jambes à son cou, descendit la rue Frochot et s'arrêta au bistrot du coin. Un type la héla, goguenard, les manches d'une chemise blanche roulées sur des avant-bras azalée. Il avait pour elle un

158

gagne-pain dans ses cordes, on ne lui mettrait pas la main au cul sans son accord. Un CDD convertible en CDI dès la fin du premier mois. C'est ainsi qu'Onyx fut engagée chez Mobiland, une boutique de téléphonie contiguë au bar qu'elle avait fui. C'est vrai qu'on ne la touchait pas, chez Tzion. Sa fiche de paie la qualifiait de configuratrice informatique. Tout au fond du magasin, elle avait pour bureau un comptoir de verre en travers duquel s'alignaient des mobiles aussi vivants que des poissons morts dans un aquarium. Elle frottait son comptoir à l'alcool vingt fois par jour. Voilà pour la partie émergée du travail d'Onyx. Elle avait aussi un rôle à jouer dans les négoces parallèles de Tzion chez qui se bradaient à la louche le caviar d'Iran, les montres Jaeger LeCoultre ou Patek Philip, les cigares cubains ou prétendus tels, la haute couture en provenance d'Italie. En cherchant bien, on aurait trouvé du shit et du crack, et il y avait aussi, antidépresseurs naturels, du *chat* agrémenté de clips chauds-brûlants. Onyx, sous le doux nom de Mirza, vingt et un ans (90B), faisait part aux *chatteurs* des ondes irrépressibles dont s'imprégnaient ses points érogènes à la pensée d'un engin mâle à tête chercheuse la défonçant. Elle pouvait tenir en haleine cinq *chatteurs* en même temps. Un SMS, un clip chaque fois différent, tous de provenance scandinave, et bien sûr taxés. Elle se mélangeait régulièrement les pinceaux, mais une étincelle remettait d'attaque les brasiers flapis : Excuse, je branlais mon chien loup, je pensais trop fort à ta queue. Tu sais pas ? Je lui ai tricoté des chaussons, il me faisait mal avec ses pattes, en déchargeant. Après un mois de *chat* à l'abri du numéro court M 345, impossible à joindre oralement, Onyx godillait sans réfléchir au gré des imaginaires les plus désemparés : si tordus qu'ils fussent, le contact sensuel n'existait jamais, les sentiments ne risquaient pas d'éclore en ces utopies informatiques baignées de foutre virtuel, ils s'éclipsaient aussi vite qu'ils émergeaient à l'écran.

De temps à autre, Tzion la testait, se faisant passer pour un chatteur lambda. De temps à autre, lui-même excité, il cédait à l'envie d'un vrai *chat* anonyme, transparent pour Onyx. Il mailait : Décris-toi, Mirza... Elle mentait, mais alors il disait qu'elle mentait, lui disait comment il la voyait habillée, moins habillée, dénudée, fournissait d'elle un signalement trop exact ou bien trop finement ou trop grossièrement inexact. Tu es unijambiste, hanches étroites, fesses menues, poils pubiens rouge vif, cheveux couleur paille. Les yeux comme des noisettes bleues, ou des noisettes mauves. Tu es une fausse plate. Touche tes seins. Dis-moi si ça pointe, si ça fait comme à l'extrémité des citrons... Dans la journée il était indifférent, obsédé par l'argent, aux prises avec un divorce qui s'éternisait.

Onyx gagnait mille cinq cents euros brut par mois. Mille euros pour le couvert et le vivre. Au 10, rue Frochot, elle occupait une chambre sur cour, de plain-pied, avec entrée indépendante. Un escalier à vis montait à l'appartement du loueur, au premier. Là-haut, c'était vieillot, sombre, empli de souvenirs. Onyx avait lavabo et wc, mais, pour la douche, elle devait utiliser la baignoire du vieux quand il sortait Nouk, son clébard tibétain. Nouk se dépêchait d'en être quitte avec la nature ; Onyx se lavait aussi vite qu'elle pouvait. La salle de bains fermait à clé, mais il manquait la moitié d'un carreau dépoli à la porte, et ce n'était pas Nouk qui la regardait, mâchoire pendante, en regagnant ses pénates. Le vieux avait promis de changer la vitre. Le vieux était un brave Péruvien, maigre et pensif, ancien videur de cercle de jeux. Il sortait les poubelles de l'immeuble, passait l'aspirateur dans l'escalier. Il était brave, mais avait des yeux, comme tout le monde. Et, un matin, la face hilare de Tzion s'encadra dans l'ouverture béante. Faut bien rigoler...

« Je savais que t'étais chouette ouais, super chouette. Tourne un peu, que je voie ton cul... »

Elle voyait bouger la poignée.

Bien des années plus tard, Onyx reviendrait sur cet instant. Elle dirait qu'elle avait eu de la chance, et lui aussi, que la porte fût fermée à clé. À cette époque, elle avait honte de son corps, de toute sa personne, et quand elle se lavait, elle tremblait des pieds à la tête à la pensée qu'on pût la voir nue. Cette crainte la torturait. Amoureuse ou non, jamais elle ne laisserait quiconque poser les yeux sur elle, se remplir l'âme et les sens de cette vision ; autrement elle lui crèverait les yeux pour reprendre son bien. C'est d'ailleurs en voulant crever les yeux à Tzion qu'armée d'une brosse à dents, son peignoir enfilé à la diable, elle s'élança. Tu parles ! Il avait repris la clé. Il la narguait en léchant la clé vous voyez comment, et il réclamait en échange un cadeau, par exemple qu'elle ouvrît son peignoir... Finalement, le vieux était venu la délivrer, non sans dire qu'elle n'avait qu'à porter plainte, si ça n'allait pas, ou cesser, après tout, de se doucher comme elle faisait – sous-entendu : c'est vous qui cherchez les histoires, c'est toujours vous, sans compter que vous n'acquittez pas vos loyers au terme.

Onyx, ce matin-là, fut incapable de se travestir en Mirza. Elle garda la chambre. Elle ne pensait plus qu'à se venger. Ça ne l'intéressait pas, de balancer Tzion aux flics. Elle cherchait un désagrément beaucoup mieux ressenti. Un œil-pour-œil qu'il n'aurait le loisir d'oublier jamais. Elle avait lu le roman d'une femme qui s'était donné pour mission de traquer les pervers, de leur mutiler les parties. Autre chose qu'un séjour en prison d'où le mec ressort plus violeur que jamais. C'était une option parmi d'autres, assez crade pour une végétarienne. Elle y pensait encore quand, le ventre vide, elle arriva chez Mobiland en début d'après-midi. Mirza n'avait pas commencé à branler les mammouths des environs quand l'hôpital avait appelé...

— Comme un sac, dit Rémus après l'avoir vue caler son scoot au bord du trottoir. Ça s'arrange pas, les tifs. Et le casque ?

— À la piaule.

— Alors, on fait la pute ?

— Je vends des téléphones.

— À Pigalle, des téléphones ! Faut vraiment qu'un mec soit bourré pour avoir envie d'enfiler un sac d'os comme toi... On te paie, au moins ?

— Je vends des téléphones.

— D'habitude, elles disent qu'elles sont coiffeuses, infirmières de nuit... Toi, tu vends des téléphones.

— Ouais ! Je vends des téléphones ! Je peux vous en vendre un, si ça vous intéresse.

— Pas très écolo, tout ça. Je t'aimais mieux en Greenpeace qu'en téléphoniste-avaleuse. C'est qui, ton mac ?

— J'en ai pas, je vends des téléphones.

— Ta gueule ! Je sais tout sur toi.

Il lui saisit le poignet avec la sensation d'encercler un frêle bâtonnet. Il lui avait donné rendez-vous à la terrasse du Frochot, au coin de la rue. Un couple fumait une herbe quelconque à la table voisine. Rémus buvait de l'eau, du Château-la-Pompe. À contrecœur. Répugnant, la flotte, quand on aurait eu besoin d'alcool. Répugnant, l'alcool, quand on s'est avancé beaucoup trop loin dans les méandres ondoyants du verre-après-l'autre, dans l'espoir de rattraper Popeye aux cheveux, comme la petite fille aux allumettes rattrapait d'une flammèche l'autre ses illusions perdues. Répugnant, quand on s'est alcoolisé jusqu'aux os, et qu'il n'est plus un mot qui vous germe aux lèvres sans baver. Délicieux alcool, merveilleux alcool, bienfaiteur alcool, sauveur !

— Tu bois quoi ?

— Un verre de vin blanc, il est bio.

On lui servit son vin bio. Ils étaient côte à côte, face à la rue.

— Et allez donc, du pinard pour les nouveau-nés !... Tu m'as l'air encore plus flippée que d'habitude. Tu as passé la nuit à téléphoner ?

— Je sors de l'hôpital. Vous voulez quoi ?

— La dernière fois, c'était l'épave d'un porte-avions ; aujourd'hui c'est l'hosto.

— J'ai vu ma mère.

— Parce que tu as une mère, maintenant ?

Elle soupira :

— Ça n'était pas arrivé depuis un moment, fit-elle dans un bâillement. Elle effleura son verre, grimaça : C'est imbuvable, à jeun.

Ses entrailles émettaient d'horribles gargouillis d'ina-nition. Elle hésitait à ficher le camp.

— Alors, qu'est-ce que vous me voulez ? Je n'ai pas que ça à faire.

Sa mère dormait, quand elle était repartie. Elle se rappelait une si jolie femme, joyeuse, douée d'un timbre de voix qui dissipait la grisaille autour de vous. Elle avait retrouvé la misère humaine, une loque, en comparaison du souvenir et des rares pho-tos qui lui restaient. Et cette voix rauque, assour-die par la clope à la belle étoile, en plein hiver... Change de voix, Maman, ce n'est plus toi ! Mal et malheurs avaient râpé, déchiqueté les cordes vocales. Polypes, se disait Onyx ; anodins, quand on les neutralise à temps. Elle se disait aussi qu'elles allaient galérer, la nuit suivante, si l'hôpital les virait ; can-cer ou non, le vieux videur les viderait aussi. Four-rière pour clodos. Sa pensée divaguait. Proche était le jour où elle descendrait sur la Côte voir son père, et lui demanderait s'il se souvenait d'elle : Mon petit papa... Et puis d'elles aussi, la mère et la fille, nous deux. Est-ce qu'il s'en souvenait, est-ce qu'il était content de les voir ensemble, est-ce qu'il n'avait pas envie de les inviter à passer le temps qu'elles voudraient dans son bel hôtel de la Riviera que les guides citaient en exemple ? Est-ce que sa dernière maîtresse était au courant, pour l'épouse et la fille, mon papa ? Quel fardeau, quand on a tourné la page et que ces deux emmerdeuses savent où vous trouver. On a bon espoir qu'elles ne débarqueront jamais, qu'elles auront elles aussi tourné la page merdique du passé commun, on a refait sa vie. Des vies, des petits cubes marrants, on les empile, à chaque fois c'est une vie qui sert de support à la suivante...

Elle avait besoin de serviettes, elle n'avait pas d'argent.

— Tu lis la presse, en ce moment ?

— Pas... J'ai bugué mon ordi.

— Un petit copain ?

— Pas.

— T'as aussi bugué ta libido ?

Besoin de serviettes et besoin d'un sandwich. Comment elles font les anorexiques, les vraies ? Pas de règles, pas d'estomac, les fesses plates... Elle avait beau lutter, elle avait une faim de loup. De loup végétarien : un loup vert.

— Il y a très exactement neuf jours, disait Rémus, on a déclenché l'alerte-enlèvement. Tu es au courant, tu as vu ça ?

— Non, puisque j'ai bugué mon ...

— Fous-nous la paix avec ton ordi... Ouvre les oreilles : si tu ne buguais pas tout sur ton passage, tu saurais qu'un garçon de neuf ans s'est fait kidnapper à la plage, il...

— Il a peut-être fugué ? Moi j'adorais fuguer, été comme hiver, je grimpais dans l'arbre au-dessus de la terrasse. J'entendais tout ce qu'ils disaient, en bas...

— Non, il n'a pas fugué ; il...

— C'est vous qui le dites, fit-elle. Moi, j'avais lu ça dans un roman... Il était question d'un enfant qui vivait en errant de branche en branche. Je trouvais ça joli, je faisais pareil. Et puis, un jour, ce connard de flic...

— Boucle-la, sale petite pute !

Et, contredisant la violence des mots, Rémus exerça du coude une pression continue sur elle.

— J'ai cinq minutes à te consacrer, et tu en avais déjà cinq de retard, alors plus un mot !

— J'ai envie d'un sandwich, fit-elle à voix basse.

Il ne releva pas.

— De serviettes, aussi. C'est la cata.

Il exposa les événements sans rien omettre, ni la pâtée qu'il avait flanquée au prof de tennis de Popeye au Trez-Hir, ni la scène de ménage au gré des flots sous le regard éploré du soleil couchant, ni le fait que Popeye boitillait du pied gauche comme lui, et que lui, Rémus, était d'autant plus attaché à l'enfant qu'il n'était pas son père...

— Très con, fit-elle entre ses dents.

— ... ?

— Vous êtes attaché à lui, ça suffit. Ça veut pas dire que si vous étiez son père, vous l'aimeriez moins.

— Ça veut dire que sa mère s'est fait égorger à cause de moi.

Elle n'écoutait pas, elle écoutait une spirale de gargouillis monter de ses entrailles, c'est honteux ces

166

tuyaux, ce remue-ménage, elle imaginait un sandwich à l'emmenthal et à l'huile d'olive.

— Si, dit Rémus. Je l'aimerais moins.

Il faillit ajouter que sa vieille épouse-compagne, enfin bref, la nana qui depuis dix ans partageait ses nuits parisiennes, allait se délivrer sous peu d'une eau poissonneuse, et qu'il n'en avait rien à battre, et qu'il souffrait aussi de n'en avoir rien à battre...

— On a enlevé cet enfant, cocotte, on reçoit des mails de confirmation ; à part eux, aucune nouvelle... Le plan « Alerte enlèvement » ne donne rien. Maintenant, sache que nous n'avons pas que des amis, nous autres flics ; on surveille les malfrats, on les arrête, ils s'arrangent pour enrayer nos ardeurs. Peut-être qu'ils nous voient, en ce moment, toi et moi, et qu'ils rient sous cape. Ils se demandent ce que je mijote avec cette maigrichonne qui n'arrête pas de bâiller, vautrée sur sa chaise. Pas grave... On va changer la maigrichonne en citrouille, et la citrouille en princesse... Bref...

— Qui a fait le coup ?

— Si c'était du ressort des flics, tu ne serais pas là. Aussi bizarre que ça puisse paraître, j'ai besoin de toi.

— Oh non !

— C'est maintenant ou jamais.

— C'est non non !

— Tu n'as pas le choix.

— Vous ne pouvez pas me demander ça.

— Ce n'est pas une demande, tu as raison : j'ai besoin de toi, et je t'embarque.

Elle sourit comme elle souriait parfois dans le métro, ou dans son sommeil. Sourire aux anges, et ceux qui la regardaient alors se disaient qu'elle avait perdu la boule.

— J'aimerais un sandwich, dit Onyx. J'en ai besoin pour discuter affaires.

— Non. Pas de sandwich avant que tu aies dit oui.

— Oui à quoi ? fit-elle avec colère.

Son ventre lui fit l'effet d'un toboggan.

— Tu dis oui et t'auras ton sandwich, et tout ce que tu voudras.

— Avec un second verre de vin ?

— D'accord.

— Eh bien non !

Elle ravalait ses larmes à l'arrière de la Twingo des flics. Ils pouvaient toujours mater dans le rétro, on ne voyait pas qu'elle pleurait. Dire oui, c'était contraire à ses principes. Elle faisait les choses, éventuellement elle agissait, mais dire oui, c'était plier, s'aligner, commencer à demander pardon à quelqu'un qui méritait qu'on lui tranche les nerfs, pour la peine. Dire oui, c'est balancer. Dire oui, c'est perdre, et elle était déjà assez perdue comme ça.

Son ventre ballonné la faisait atrocement souffrir, tous ses organes se liguaient en faveur du oui : celui des ovaires, celui des tripes, de la faim. Sa vessie trop mince était sur le point d'exploser. Elle avait fini par dire oui, alors à son tour il avait dit non au sandwich comté, et non au deuxième coup de blanc. Sels minéraux d'une part, oligo-éléments de l'autre : exactement ce que réclamait son organisme, une fois par jour. Et des pommes, des pommes, des pommes... Il avait dit : tu mangeras plus tard, suis-moi... Elle n'était même pas repassée par la piaule, ayant dit oui. Elle avait abandonné toutes ses revues de presse, ses découpages, son ordinateur bugué, son Canon ultraplat, les photos de sa mère, sa lettre quand elle avait quitté la maison, le poster de Jimi Hendrix, celui de Martin Luther King, ses petites fringues de clodo qu'elle aimait tant, baskets, paréos, tee-shirts à slogans rageurs. Elle avait laissé à Tzion le spectacle d'elle, nue, savonnant son corps dans la baignoire du vieux, sous une lessive de chaussettes et de caleçons. En échange de quoi ? en échange de rien.

— Tu vas travailler pour moi. Tu logeras à la caserne, un ancien local de fachos. On y est bien. On est entre nous.

— Et si je dis non ?

— Tu crèveras, et ta mère aussi. Vous crèverez comme des millions d'autres. Dans cette ville, ça ne fera aucun souvenir à personne.

— Et mon boulot ? ...

— Tzion est une merde, il te mouille dans ses trafics pourris. Des filles comme toi, il en encule quatorze par jour, avec ses bons amis les politicards. Nées, élevées, abattues en France. Ensuite, il vous revend sur internet, de la bonne bidoche à baiser ; il livre toute l'Europe. C'est ça qui t'intéresse, avant de crever ?

— Et ma mère, si je dis oui ?

— On a envoyé des gars la chercher, on l'emmène au Val-de-Grâce. Arrête de te la jouer, maintenant. T'as déjà dit oui. Et je te jure que Popeye, c'est autre chose que ta SDF de maman bouffée par ses crabes verts.

— On arrive, dit Rémus en se tournant vers elle, plus la peine de faire la gueule.

— Et mon ordi ? Mes fringues ?

— Tout est déjà là. Ton sac à dos, ton scoot, et même ta brosse à dents. On a payé tes arriérés de loyer au Péruvien.

— J'ai besoin de tampons.

— Putain ! C'est ça qui sent, depuis tout à l'heure ? Tu ne pouvais pas le dire ?

Il sourit à belles dents.

— Je blague. On est des marrants, nous autres flics.

— N'empêche que j'attends les Anglais.

— Les filles disent toujours ça, et puis ça traîne... Il faut toujours que vous ayez vos règles... Bon, d'accord, des tampons, Frank t'en fournira. C'est lui, ton coach. Tu t'en souviens, non ?

18.

La formation d'Onyx dura dix jours au lieu des quarante-huit heures envisagées par Rémus.

Le premier jour, elle déclara qu'elle avait sommeil et qu'elle était tourneboulée par les retrouvailles avec sa mère. Tellement tourneboulée, même, qu'elle ne voulait pas la voir, mais seulement y penser, couchée, les yeux clos, sans aucune lumière. On la laissa dormir, on lui tira les rideaux. Rémus l'avait installée dans son ancienne chambre conjugale. Il occupait le vieux Roche-Bobois de sa première année avec Élyane, trois coussins effondrés, sculptés par les rêveries d'un flic insomniaque de quatre-vingts kilos.

Au deuxième jour, elle bondit hors du lit, submergée d'angoisse, voulant voir sa mère illico. Rémus, qui rentrait tout juste d'une virée mondaine aux côtés du président, un souper prolongé avec des hôtesses du Salon de l'auto, ces demoiselles parées d'un vert hautement dégradable et bio, rappela Bruno pour filer au Val-de-Grâce, l'hôpital où séjournait Héléna.

Le troisième jour, il fallait qu'elle aille dans le Midi dire à quelqu'un sa façon de penser ; le nom de la personne en question ne regardait qu'elle : affaire privée. Elle pouvait y aller seule en avion, pour peu

qu'on lui avançât l'argent du billet ; elle rembourse-
rait en faisant le boulot correctement, comme la dernière fois. Rémus lui dit que, pour tuer un homme,
surtout son père, il valait mieux s'en remettre à des
professionnels, et qu'il avait sur place du personnel
qualifié. Elle lui adressa son plus vague sourire d'arrié-
rée mentale, se mordit les lèvres au sang et retourna
dormir.

Un physique de limande ! pensa Rémus. Il doutait
parfois que ce fût cette Onyx-là qui était parvenue à
s'infiltrer chez Paneurox, en 2010, jouant si bien les
idiotes et les muettes qu'elle était passée pour une
demeurée. Peut-être qu'elle avait dissipé ses talents
d'espionne ? On a des surprises, quand une fille gran-
dit, laissant une folie pour une autre, puis pour une
autre encore.

C'était mal juger Onyx qui ne perdait jamais de
vue qu'elle était une personne quelconque. Foutue ni
bien ni mal, une gueule passe-partout, elle ne pouvait
inspirer que des sentiments quelconques à des êtres
dépourvus d'intérêt. C'était en fait son unique folie,
l'orgueil : un mal qui lui rongeait les sangs. *Être belle,
ô mortels, être belle, ô mortels, comme un rêve de
pierre...*, pour les voir tous baver, se traîner à ses
pieds.

19.

Au cinquième jour, Onyx se réveilla plus détendue. C'est du moins l'impression qu'elle donna de prime abord. Elle avait dormi plusieurs heures d'affilée, son mal de ventre était passé. Après vingt-cinq jours de douleurs continues sans voir de médecin, elle finissait par imaginer un crabe embusqué dans ses intérieurs. Elle se leva pour ôter son jean et se recoucha sous la couverture. Elle avait envie d'une assiette de raviolis au fromage, ou d'un morceau de reblochon avec des biscottes suédoises bien craquantes et un verre de blanc.

Son cœur eut des battements inégaux ; elle n'osait même pas aller aux toilettes, ici. Elle ne savait jamais à quel moment ce prétentiard de flic allait radiner sa fraise et venir la regarder, la regarder sans parler, un coup d'œil en passant, juste pour vérifier qu'elle ne s'était pas jetée par la fenêtre. Ou bien il disait : T'auras des nouvelles de ta mère quand tu mangeras. Elle mangeait : Ta mère va mieux, je t'en dirai plus un autre jour. On la menait au Val-de-Grâce une heure par jour. Le professeur les recevrait, elle et sa mère, un jour ou l'autre, promis. À l'hôpital, c'était comme un parloir de maison d'arrêt. On lui accordait

173

dix minutes au pavillon des soins intensifs. Elle regardait cette femme inconsciente, la face encombrée d'un masque à oxygène. Sa mère.

— Elle a quoi ?

— Elle récupère, ne crains rien.

Les battements de cœur s'accéléraient. Onyx se coucha de tout son long, bras sur la tête. Tant qu'elle n'aurait pas fait le boulot, ce flic lui pourrirait la vie. Le boulot fait, il s'engageait à soigner sa mère. Est-ce qu'elle avait envie qu'on les flanque à la rue ? La rue, le pavé, les miséreux, les camions de bouffe devant les églises, les files d'attente, la soupe populaire, les nuits de jungle sous les ponts... Elle rejeta brusquement son drap, bondit hors de la chambre et cria vers le couloir pour se libérer la voix : Je prends la salle de bains ! Puis elle courut s'enfermer.

Du canapé, Rémus la vit s'éclipser, frêle silhouette aux jambes nues. De bon poil, pensa-t-il. Au bout de quelques secondes, il se leva pour l'informer du strict minimum à travers la porte : elle allait subir quelques altérations d'aspect. Frank lui remettrait un *curriculum vitae* qu'elle apprendrait par cœur. La mission était basique, monocellulaire. Il se foutait bien de la vache folle, des cerveaux spongieux, des dindons pédophiles ou que Martinat fabrique des chaussettes à bite en couilles de zébu. Le rapport qu'elle aurait à fournir sur cette question et les autres arnaques les couvrirait tous deux vis-à-vis du président, de l'État, leur bailleur de fonds. Elle retournait à Paneurox-Lorraine uniquement pour retrouver Popeye.

— Tu retrouves Popeye, ta mère est sauvée, on vous donnera de quoi vivre. Tu reviens bredouille, on en fera du collagène à cervelas. On la refile à Paneu-rox... J'attends un mail par jour.

— Ça dépendra.

— Tu serais un peu plus grasse, bordel, il couche-rait avec toi, ce serait vite réglé !

— Je couche avec qui je veux.

— Ça c'est de la réplique ! Tu devrais monter sur les planches, tu ferais un tabac. Sors de là, mainte-nant.

— J'ai changé de couleur de cheveux.

— T'es blonde ?

— Ouais, comme les nases.

Elle rouvrit la porte. Elle avait les cheveux noir corbeau.

— J'avais dit blonde !

— Je me suis gourée. En tout cas, ça n'est plus pourpre.

— T'as du bol que je doive partir !

— À cinq heures du matin ?

— Ma femme vient d'accoucher... D'un être vivant, hélas.

À sept heures, Frank sonnait à l'appartement ; il reluqua Onyx en maquignon, sourire en coin. Il n'émit aucune opinion. Il lui conseilla d'enfiler ses croquenots. Une grosse journée les attendait. Ils commencèrent par aller à moto sur les Champs-Élysées : un rendez-vous chez Saint-Ange avec le visagiste, avant l'ouverture du salon. Édouard laissa Onyx parcourir leur catalogue *New Look* où Sa Majesté la reine Vanina d'Arabie, une amie de la maison, daignait figurer en page de garde et sourire. Il fit des suggestions. Il se permit de faire observer qu'Onyx était d'une grande beauté, un ovale parfait, les yeux bien écartés, le teint comme un éclairage naturel. Sa couleur était réussie, mais c'est en blonde qu'elle resplendirait, probablement sa couleur d'origine. On allait remédier à ça.

— Je veux rester brune.

— Oh, le vilain mot... Brune, ce n'est pas vous. Vous êtes blonde, et probablement paille.

— Blond, c'est mon père.

— Ah là, là ! Ces filles amoureuses de leur papa !

Elle fit son doux sourire de revenante et regarda Frank l'observant aux confins du miroir. Il avait gardé son cache-poussière de moto. Un type très con, mais très beau. Se renversant en arrière, elle s'abandonna les yeux fermés aux doigts frissonnants d'Édouard, et l'eau ruissela puissamment sur son cuir chevelu.

— Plus froid, s'il vous plaît. J'ai horreur de l'eau chaude.

Peut-être bien qu'elle était timide, après tout.

Très beau, Frank était redoutablement intelligent. Sans diplôme, ni brevet ni bac, n'ayant jamais consenti à baisser les yeux devant un prof, il avait étudié dans son coin, cette île de Corse au milieu des mers où ses parents étaient fermiers. Il avait grandi sur les hauteurs de Piana, au-dessus d'un golfe poissonneux où le jour comme la nuit venaient rêver d'une histoire oubliée par les dieux, son histoire à lui bien avant qu'il fût né. Il ne se voyait pas

176

gendarme, enfant, et pas plus adolescent. Il avait contracté la manie de jeter dans les eaux du port les douaniers retors qui lui volaient ses oursins en vertu des lois. À dix-huit ans, il dirigeait la ferme familiale, une exploitation porcine et bovine supérieure à mille têtes, accouchant lui-même les vaches, en remontrant aux baratineurs du métier, vétérinaires et bouchers. Il avait aussi quatre-vingts ruches dans le maquis, et faisait deux miellées par an. Les mafias grecques du miel l'invitaient à leurs congrès, il causait inlassablement d'abeilles, les animaux qu'il préférait au monde – avec les filles, disait-il, aussi fidèles et moins capricieuses.

En 1999, il avait sabordé le canot des Affaires maritimes qui l'amenait au tribunal de Marseille, et ne put s'en tirer qu'en choisissant la Légion. Éloignement forcé, missions, Talibans. À son retour, il avait repris ses activités ; on aurait dit qu'il sortait prématurément d'un asile de fous. Son coupé Jaguar lui servait maintenant de bétaillère. Il n'agrafait plus de marques auriculaires à ses bœufs, il leur coupait directement les oreilles, de même aux cochons qu'il tatouait jadis « FC » sur la panse. Il vivait à l'hôtel Marie-Louise, une résidence a priori très en vue, qu'il avait financée lui-même en son beau. Les vaches broutaient à qui mieux mieux les gazons du parc, aussi librement que les abeilles disposaient des fleurs et parfois du tympan des bestiaux. C'était sale, négligé, bon enfant. Un client voulait-il dîner en famille d'une belle côte saignante au gril ? Ah, c'est bien simple, Frank allait chercher son fusil à pompe, et, de la terrasse, sous les yeux des parents, des gosses, des jolies nanas en maillot, il flinguait à bout portant le premier bœuf à passer par là. On le traitait d'ordure, d'assassin, on chialait, on tournait de l'œil. Il allait chercher scie, sécateur, couteaux et parachevait le sacrifice. Il éventrait la bête encore gémissante, il taillait, fouillait, sciait, le sourire aux lèvres, et quand il revenait il avait la côte du siècle, la meilleure de tous les temps. Il la brandissait comme un scalp, il n'y avait plus qu'à dégraisser, peser, fumer au sarment de vigne, vous allez vous régaler, vous m'en direz des nouvelles, tiens, cadeau, la madone en string, attrape ça !

Les soirs d'été, on le trouvait sur le port, à l'arrivée du ferry, faisant concurrence aux mendiants, un écriteau à ses pieds :

LETTRE TESTAMENTAIRE AUX TOURISTES

Je m'appelle Frank et je parle français. Toute ma vie je fus piqué par des insectes tels que frelon, taon, abeille, guêpe, tarcier, mais le moustique, non. Divers demoiselles et scorpions m'ont mordu. Aujourd'hui, mon organisme saturé de venin développe une allergie non connue de la science occidentale. Qu'une seule abeille me pique et je meurs sur-le-champ dans des souffrances abominables. Touriste, je te lègue mon agonie. Il te suffit, pour en hériter sans plus attendre, de décrire des gestes nerveux, comme des moulinets, et, si tu es téméraire, de me toucher la barbe... Adieu, touriste !

En relevant la tête, on croyait voir le marbre jaspé du roi Nabuchodonosor, au Caire, la face mangée d'une barbe crépue qui lui descendait jusqu'au sternum et lui montait jusqu'aux yeux, sauf que le roi Frank avait les yeux bien vifs, scintillants, et que son énorme barbe formait un bloc vibrant d'abeilles agglutinées, garde rapprochée d'un essaim forteresse autour de la reine à la fois prisonnière et ravie, engagée à mi-corps entre les dents du bonheur de Frank, occupée à s'enivrer du miel dont il avait la bouche emplie. Que faisait-il des pièces qui pleuvaient dans son casque en kevlar, souvenir de l'ancien combattant ? Il attendait que les petits voleurs du soir viennent se servir. Quand le casque était vide les abeilles roupillaient ou faisaient semblant. Frank embrasait alors sa soufflette à romarin, actionnait le piston, les vapeurs épicées montaient, il pouvait délivrer la reine, et l'essaim shooté au romarin regagnait en zigzagant sa ruche.

... C'est à l'hôpital du Val-de-Grâce que Rémus avait revu pour la première fois son ami Frank, après leurs patrouilles en Afghanistan. Il gisait muet, oint des pieds à la tête comme un grand brûlé. Il n'avait pu s'empêcher de croquer la reine par le milieu. Pour voir. Pour voir qui, de la reine ou de lui, les abeilles préféraient.

— Elle est trop belle, dit Édouard en promenant le miroir sur les cheveux d'Onyx. Vous permettez qu'on fasse une photo, pour le catalogue ? Vous serez en compagnie de la reine Vanina.

— Ta gueule ! fit Frank d'une voix suave. Trouve-moi plutôt un pot de gel bien fixant comme en ont les blacks.

Il fit se lever Onyx, l'entraîna vers la sortie, sous les portiques du monument à la gloire de la tête coiffée, la priant de virer son peignoir.

Dehors, il massacra le brushing encore tiède, lui remit son casque et l'emmena aux confins du treizième arrondissement, sur le *Vegan's*, un bâtiment mastoc où il la fit monter. C'était désert, couleur épinard, y compris les hublots, les échelles de fer, les rampes, à l'extérieur comme dedans. Ils descendirent jusqu'à la cale aménagée en cafétéria. Vraiment ? Aménagée aussi bien en fitness, salle de jeux, d'ordinateurs, de musculation, en bibliothèque. Un entrepont qui faisait toute la longueur du bateau, celui-ci régulièrement sensibilisé par les ondulations du courant. Les hublots rivetés captaient une lumière prismatique au ras de l'eau.

Tirant d'une main Onyx, de l'autre une chaise de plastique, il se dirigea vers le premier hublot, la fit asseoir puis entreprit de lui pommader la chevelure, anéantissant le lumineux travail d'Édouard, tiraillant et plaquant les bandeaux, imprimant une torsade à la fin pour finir par une espèce de nœud ébouriffé au haut du crâne.

— C'est quoi, ce bateau ?

— Prends-moi pour un con !... Le sabot de ton pote John... Tu sais, le connard qui t'a larguée sur le *Gallieni*... Il est en taule.

— Il s'est échappé

— Ferme-la... t'es qui pour me parler ?

180

— En blonde, ça ne peut pas être moi.

— On en a rien à foutre, que tu sois toi ! Je m'en fous. Lève-toi pour voir !

Il s'assit à califourchon sur la chaise.

— Tourne un peu... Marche... Reviens... Comme ça, ne bouge plus.

Elle soutenait vaguement son regard. *Je vais te péter la gueule, connard.* Elle était perdue, dans ces cheveux blonds qui sentaient la colle, la bourgeoise, et faisaient d'elle une parfaite étrangère. Lui, Frank, sentait le mec lotionné, fier de son parfum poivré, viril.

— À Kaboul, je renseignais mes supérieurs. Je t'explique : on attrape quelqu'un, n'importe qui, homme, femme ou enfant. On lui demande l'heure, et s'il ne l'a pas, l'heure, on lui prend sa montre, tu comprends ?

Il éluda.

— Au fait, les règles, ça se passe bien ?

Elle crut avoir mal entendu. Ce mec est barge, il me le paiera.

— Tu vois, je me renseigne... Après tout, c'est moi qui t'ai fourni les tampons. Ça allait, au moins ?

Dans la poche droite de son jean, elle avait sa lame noire aiguisée des centaines de fois.

Dépliant un bras, Frank claqua des doigts :

— Allez, la blonde, à poil maintenant ! Tu n'as rien contre une petite sodomie, j'imagine ? Ça détend.

Qu'il la touche, elle l'éventrait.

— Allez, reprit-il en la houspillant, on se désape, on enlève tout, on est grande. On se met à quatre pattes sans discuter.

Le temps qu'elle plonge la main dans sa poche, il la saisissait à travers le jean, la maintenant si fort dans la poche qu'elle en avait les phalanges écrasées. Avec un sourire farceur, il lui dit qu'elle manquait de sang-froid pour une cinglée, elle croyait tout ce qu'on lui racontait ! Décidément, il ne fallait pas se fier aux inconnues, de nos jours, elle était comme les autres filles, une grosse naïve. Ça n'était pas parce qu'on lui promettait sincèrement de l'enfiler qu'on allait tenir parole. On sait pourtant ce que ça vaut, les belles promesses des hommes, leurs monts et merveilles.

— Et nous, les flics, on est comme les autres, des bonimenteurs !

Lui secouant la main, il la déséquilibrait, la ployant en avant, lui parlant fort, comme un fou à une folle :

— Est-ce que j'ai toute votre attention, Onyx ?

— Oui.

— Oui, Frank. Appelle-moi Frank. J'ai *toute* votre attention, Onyx ?... Alors voilà comment les choses vont se passer. Vous me suivez ? Ce soir, quand tu quitteras ce bateau sous bonne escorte, tu seras modifiée de presque partout, sans l'être génétiquement. Tu pourras jurer, la tête sur le billot, que ce n'est pas toi, la blondasse, qui te sourit dans la glace quand tu souris, ni même ta sœur !... C'est simple : rien de ce dont tu discutes avec moi ou avec Rémus – c'est la même chose – n'atteindra jamais le monde extérieur... T'imprimes ? atteindre ! monde extérieur ! rien !... De mon côté, je garde le silence sur tout ce que tu dis et tout ce que tu fais. Comme tu ne dis rien, j'en conclus que nous pouvons attaquer la phase *boulot*, après la phase *épreuve des nerfs* où tu t'es comportée comme une petite féministe à deux balles. Voyons voir tes connaissances vétérinaires : quelle différence entre Rémus et moi, sur ce plan ?

— ...

— Lui, Rémus, c'est un vrai bestial, il l'aurait fait, il t'aurait mise à quatre pattes ; lui, c'est un homme de parole, sache-le. Il fait ce qu'il dit. Et Martinat te descendra au premier soupçon. Bon, en plus animalier, pour rire : qu'est ce qui fait ouah ouah, qui a des poils et vit dans une niche ?... D'accord, on laisse tomber.

Main toujours dans la poche, Onyx fut conduite à la table des ordinateurs, assise devant un PC, Frank à côté d'elle.

— Google, *please*... Médecine des animaux. À toi de jouer, la pirate ! Cette histoire de gosse enlevé, t'en penses quoi ? Tu t'en fous ?

— ...

— Ouais, reprit Frank. Pour Rémus, c'est Martinat. Possible... La logique du mafioso, c'est la vengeance, l'enlèvement, le bain d'acide. Mais c'est aussi une logique de femme, la vengeance, et la femme de Rémus est un peu spéciale, une vraie maboule...

— Toutes les femmes sont dingues, avec vous.

— Tu crois ? Rien qu'avec nous ?... C'est ça, la différence entre Rémus et moi : moi, je pense qu'elles *sont* dingues, et lui pense qu'on les *rend* dingues. Pour Rémus, c'est nous les dingues, pas les femmes... Il les appelle nos garde-fous.

Il s'interrompit, contemplant le profil d'Onyx. Il la trouvait très désirable, avec son chignon d'or aux reflets vermeil.

— Moi, je vis avec une grosse. Avant, elle était mince, bien roulée. C'est toi qui la rends grosse, dit Rémus, t'as qu'à l'aimer... Sûrement, ouais. Tu désires une femme, tu l'aimes, elle va bien, elle est dans ses lignes, tu ne la désires plus mais tu l'aimes encore, c'est la femme de ta vie : elle devient piquée, c'est la course aux kilos, ou l'amant. Chez nous, c'est les kilos... Chez Rémus, c'est la haine, le feu ; sa femme le hait...

— De là à kidnapper un enfant...

— C'est pas le sien, mais c'est tout comme : c'est la chair d'une femme que son mec a dans la peau. Elle gamberge : il ne veut plus d'elle au pieu. Elle est enceinte, ça crée des liens d'habitude, à la maison, une petite grossesse, ça divertit maman. Entre eux ça fout le bordel, et plus ça pousse, plus Popeye s'en prend plein les ratiches...

Onyx n'écoutait qu'à demi. Ce bateau la barbouillait, après toutes ces nuits sur le cœur. Un jour elle tuerait Tzion, juré.

— J'ai bien fugué, dit-elle, pourquoi pas lui ?

— Parce que vous êtes dingues, vous. Nous, non... T'en connais beaucoup, toi, des femmes enceintes qui partent accoucher en pleine mer à la tombée du jour, en laissant un gamin sur la plage ?

— Elle doit souffrir...

— Elle nage, Rémus la suit, pendant ce temps-là un complice embarque l'enfant. Mais j'ai beau chercher, je ne vois personne. Il y a bien son père à elle, un artisan bouchonnier, sourd d'une oreille à force d'avoir tiré les perdreaux, mais ça n'en fait pas un voleur d'enfant.

— Vous savez, les pères...

184

— Le mien est le seul homme que j'admire.

Onyx pensa : ça doit être une belle ordure, avec un fils pareil.

Sur l'écran, des photos d'animaux défilaient : chiens vivants, chats écartelés, chevaux équarris, dauphins, oisillons, rats, nos amis les bêtes, nos semblables, nos frères...

— C'est marrant, les hommes, dit Onyx, on leur vole un gosse, ils savent très bien qui l'a volé, mais il faut qu'ils aillent encore soupçonner les femmes. Et tant qu'ils n'auront pas une coupable, une femme à se mettre sous la dent, ils douteront : c'est forcément une femme !

— Une peste, celle-là ! dit Frank entre ses dents. Au fait, je t'annonce que tu as un nouveau nom : Diane Jousset. D'accord, Diane ?

Le 15 janvier 2013 à 7 h 45, Diane Jousset croisa Frank au bout du wagon 3, train 1128. Elle venait de ranger sa valise à roulettes dans le casier à bagages.

— On avait dit jupe, fit-il, mécontent. Jupe et talons. On avait dit un mètre soixante-treize, pas un mètre soixante-huit ! Qu'est-ce que tu fous ?

— Je me changerai avant d'arriver.

— De partir ! dit-il en la poussant dans les toilettes – et la porte claqua derrière eux.

Elle ne se défendit pas lorsqu'il fit sauter le bouton supérieur de son jean, les autres, et baissa son pantalon puis son slip. Pas davantage quand, empoignant ses fesses, il la posa sur le lavabo. Elle croisa son regard, ouvrit la bouche et disparut dans son baiser.

Elle referma les bras autour de son cou, excitée contre son gré. Cette petite adhérence de rien, tout à l'heure, c'était donc ça ! Il faudrait se méfier, à l'avenir. C'était le deuxième inconnu qui lui faisait cet effet, mais le premier à en profiter. Le plaisir montait, la haine l'étourdissait. Elle fit affluer la salive à ses lèvres pour cracher au visage de Frank. Ils s'observaient tous deux avec la même avidité, et Frank précipita ses mouvements. Elle se mit à crier : non, mais la jouissance irradia dans tout son corps, elle pleurait et criait, désespérée d'avoir enfreint son vœu.

— ... et je t'interdis de baiser avec Rémus, haletait Frank, tu ne lui plais pas, je t'interdis...

20.

En Afghanistan, Rémus se blindait contre l'émotion en jouant sur les mots. Sa pensée dérapait dans une ironie pas toujours du meilleur aloi. Il marmonnait *Le Corbeau et le renard* en guettant l'ennemi à la jumelle. Il semblait n'avoir aucun respect pour les cadavres qu'il houspillait. C'était leur faute, à ces couillons, ils n'avaient qu'à faire attention. Mais ceux qui faisaient attention, il les traitait de gonzesses ou de touristes. Le soir, il débarquait au réfectoire de la troupe, exigeait le silence et lisait des fables. Sa préférée, c'était *Le Crocodile et l'esturgeon*, l'histoire d'un glouton qui meurt en bâfrant du poisson. Il aurait aimé que tout le monde pût réciter cette fable par cœur. Une chose, de mourir la tête vide ; autre chose, de mourir l'esprit tapissé de syllabes qui vous tiennent compagnie dans la mort, la plus déserte des îles, les gars, vous verrez, et à chacun la sienne. Les Talibans la ramenaient avec leur Coran. Ramenez, ramenez-la donc avec La Fontaine, avec ce que vous voulez, mais lisez ! Remplissez-vous la caboche de quelque chose que vous emporterez là-bas, vous y serez moins seul, soyez PRÉVOYANTS ! Il passait pour cynique, froid, valeureux, timbré. Lui, son polochon rabattu sur les oreilles, il s'assurait qu'il n'avait pas quelques larmes à verser. Les versait, les multipliait, prêtait l'oreille au zip des sacs noirs à rapatrier, consentait un dernier coup d'œil aux enfants morts pour la patrie, pour la connerie humaine, puis, se retournant d'un bloc, il commençait à déclamer, à gueuler ses fables et à rigoler quand c'était drôle, quand cette connasse de cigogne amochait son bec en tapant contre le plat sans pouvoir rien becqueter. Puis, le sommeil faisant équipe avec l'oubli, Rémus perdait un moment connaissance.

C'est en jouant sur les mots qu'il survivait à la peur, en Afghanistan, mais, cinq ans plus tard, il n'était plus d'humeur à jouer, et le chagrin d'avoir perdu Popeye redoublait ces émotions du passé que les fables, naguère, subtilisaient. Il était dans l'état de tout humain qui croit disparu ce qu'il a de plus cher au monde : il ne sait plus à qui parler ni comment.

Anne-Marie se prenait pour ce qu'il avait de plus cher au monde… Elle se fiait aux bonnes paroles dont Rémus l'abreuvait. C'était un amour charnel qui l'étourdissait, des instants cachés qu'ils partageaient, l'attente de ces instants, le désir de l'arracher à son ministre de mari, quoi qu'il pût déclarer quand l'excitation lui donnait des ailes. Il la gardait au chaud. Le meilleur des amis, Xavier Pujol… C'était grâce à lui qu'elle n'était jamais libre à dîner, à dormir, à partir en week-end, et qu'il ressentait cette envie frénétique de l'aimer quand il la voyait, place Beauvau, si sage à son bureau, si comme il faut dans ses impeccables toilettes et cosmétiques de luxe,

188

n'offrant à l'œil du visiteur aucune parcelle de nudité. Il ressentait plus exactement le désir enthousiaste de violer à la bonne franquette l'épouse ministérielle, séance tenante, en toute lucidité, avec ses fringues et sa distinction.

Depuis un mois, chaque jour, elle envoyait à Rémus le mail quotidien des îles Aléoutiennes : *Child alive*, et *Child alive* était répercuté sur tous les écrans des services spéciaux français ou d'Interpol dans le monde entier. Ce *Child alive* aléoutien, plus inquiétant qu'autre chose, semblait tomber d'une machine programmée pour expédier toutes les vingt-quatre heures. Il brouillait les pistes, à la longue. On enquêtait en Italie, Rémus ayant rudoyé là-bas certains intérêts familiaux à Naples. Mais il les avait rudoyés sous tous les climats, ce qui lui donnait la nausée. Il se disait qu'il ne reverrait jamais Popeye, et que ce *Child alive* allait continuer à lui sonner les cloches tant qu'il serait lui-même *alive*, et qu'il n'aurait pas les nerfs pour endurer un pareil châtiment. Il se disait qu'il ne pouvait plus exercer librement son métier, désormais. Il se disait qu'il devenait un chef aléatoire parmi ces ombres indifférenciées élues président. Il se disait qu'il aurait une conversation avec le président en exercice dès que les sondages seraient repartis à la hausse. Ils remonteraient bientôt. On les remonterait à la première occasion.

La semaine avait pourtant mal débuté pour l'Élysée. Il régnait un certain malaise au royaume du calendos. Relayé par les quotidiens, *Le Canard* invitait les Français tous publics à se rendre sur le net où circulaient des photos du président serrant la louche aux travailleurs de Rungis sur le coup de quatre heures du matin. On le voyait aussi manger avec ses invités mareyeurs de braves langoustines originaires de Perros : le dernier comptoir de pêche française. À table se trouvait face à lui la gothique adolescente déjà vue dans ses basques ; on pouvait constater, sur l'une des vues, qu'elle avait tous les talents. Ledit cliché cerclé d'un trait blanc dévoilait le pied présidentiel à chaussette bordeaux couvant d'un orteil protecteur le mignon panard de la fille. Étaient-ce des faux ? Des faux ! clamaient les experts. Travail d'amateur ! L'Élysée refusait de communiquer sur ce pataquès abject. Les photos allaient circuler cinq minutes avant floutage par la brigade informatique. L'espace de vingt secondes, une poignée de veinards incrédules était tombée sur ce que d'aucuns appellent un « détail » de l'Histoire, mais un détail bien croustillant : la main de Jill entourant un pied bordeaux étroitement niché entre ses cuisses hospitalières – la légende étant : On peut prendre et son pied et la chaussette... Au même moment, la presse autorisée révélait que lady C. attendait un heureux événement. *Paris Match* y consacrait sa double page d'interview :

L'ÉQUIPAGE PRÉSIDENTIEL NAGE EN PLEIN BONHEUR.
VOILÀ QUATRE ANS QU'ILS EN RÊVAIENT

P.M. – Comment vous sentez-vous, Zdena ?

Lady C. – Sonnée. Complètement sonnée. Vous savez, quand Fred, je veux dire mon gynéco, m'a dit qu'Alexandre était bien accroché, cette fois j'ai failli chialer. Je pense que tellement de femmes me comprendront. On doit toutes en passer par là. Vous avez du mal à y croire, vous savez, c'est un sentiment merveilleux que je souhaite aux autres. On s'apprête à donner la vie, quand même. On se dit que ça valait vraiment le coup !

P.M. – Quoi donc ?

Lady C. – Vous savez, quand on a attendu longtemps, on peut avoir des doutes. C'est peut-être stupide de ma part, mais c'est humain, et ça, vous n'y pouvez rien. Comme dit mon mari, nous allons être une vraie famille française, maintenant. Chez nous, la famille passe avant tout. Mais notre amour l'un pour l'autre n'avait nul besoin d'être consolidé...

P.M. – Un enfant, ça soude un couple ?

Lady C. – Pas du tout. Notre couple était déjà tout ce qu'il y a de soudé... Vous savez, quand on a la chance d'avoir rencontré la bonne personne, et qu'elle ressent la même chose que vous, on se sent protégé, on est sur un nuage, et c'est solide, un nuage. C'est important, pour un enfant, d'avoir des parents complices.

P.M. – Le choix du prénom n'a pas été un souci ?

Lady C. – Alexandre ou Alexandra, mais nous ne voulons pas savoir le sexe... De toute manière, ce sera une heureuse surprise.

P.M. – Oui... Certainement. Et la situation du pays... ?

Lady C. – ... m'inquiète beaucoup, naturellement. Tous ces otages français encore retenus, c'est dur. On ne peut pas être femme de président et rester insensible à tout ce qui se passe chez nous... Mais le président tient le cap, il est droit dans ses bottes, et, comme il le dit lui-même, ce sont des bottes de sept lieues... [Elle rit. Lady C. a un sourire charmant.] C'est un bosseur, je peux même vous révéler qu'il dort peu...

P.M. – Il paraît. Je vous vois très sereine, Zdena. Autrement dit, la rumeur ne vous...

Lady C. – Vous savez, les rumeurs...

P.M. – ... Le blog, et les photos à scandale...

Lady C. – Pardonnez-moi si je souris... Votre impatience est tellement visible... Je vais vous décevoir, mais mon mari et moi n'en avons même pas parlé... C'est tous les jours qu'un président est visé par des calomnies, cela fait partie du jeu, en politique... Dans un couple comme le nôtre, extrêmement jalousé, il y a deux mots importants : amour et confiance. Nous, voyez-vous, on peut se regarder dans les yeux sans rougir. Nous sommes deux idéalistes. C'est un peu cucul-la-praline ou fleur bleue, mais, en attendant, c'est ma couleur préférée...

P.M. – Le cucul-la-praline ?

Lady C. – Eh bien oui, enfin non, je voulais dire le bleu !

Le président ne décolérait pas. Sa postérité, bordel, entachée d'un scandale mondain à l'heure même où sa femme commençait un heureux événement ! Il exigeait des têtes. Rémus aurait bien offert la sienne. Dès que les sondages frémiraient, il prendrait sa tête sous le bras et viendrait la lui remettre en main propre. Excellente occasion pour lui raconter dans

192

quelles conditions l'onctueux avion papal avait failli rebrousser chemin. Ensuite il partirait, il ne savait où.

Ce lundi-là, tandis qu'Onyx se changeait dans les toilettes du TGV 1207 lancé vers Metz à la vitesse de 390 kilomètres-heure, limite autorisée par l'Europe, Rémus commit une faute qu'il aurait jugée criminelle de la part d'un Chat maigre, comme on va le voir...

21.

Il était prévu qu'il retrouve Anne-Marie sur le *Vegan's*. Il la retrouva. Elle n'avait pas fait trois pas dans la coursive qu'il vint l'enlacer. Elle était chaude et fraîche, vêtue, sous un long manteau flottant couleur de nuit, d'un tee-shirt noir en satin qui s'arrêtait précisément là où commençait la toison épilée à la brésilienne. Elle était juchée sur de hauts escarpins rouges. Il l'embrassa, la caressa, lui ôta son manteau, l'aima contre la cloison métallique du chalutier. Ils crapahutèrent, enlacés, jusqu'à la chambre de l'ancien capitaine, détenu à la Santé. Chaque fois il lui disait mon amour, et toute amoureuse écoutant Rémus le lui dire aurait pensé qu'il ne pourrait plus vivre sans elle. Anne-Marie le pensait, elle adorait qu'il lui dise mon amour, aucune femme au monde n'avait entendu ces mots-là prononcés avec un tel accent où la béatitude se mêlait au désespoir. Elle était décidément chanceuse, des frissons lui couraient sur la peau, oui mais... ils vivaient l'un sans l'autre !

Rémus était à l'origine de cet éloignement. Pour Anne-Marie, la franchise incarnée, on ne couche pas avec un homme que l'on n'aime plus, d'ailleurs l'a-t-on jamais aimé ? L'impitoyable révélation des caresses jette un froid sur l'amour établi, l'amour ancien. Pour n'avoir jamais froid : ne pas tromper, aller voir ailleurs. Trop tard, elle avait Rémus dans la peau, dans le ventre, elle aurait pu tuer son mari. Elle disait à Rémus : « Je t'appartiens. Ça crée des liens, mais nous avons des responsabilités. À toi d'organiser la suite. » Rémus, quoi qu'il affirmât, supportait de vivre sans Anne-Marie, qui commençait à trouver le temps long, à le haïr autant qu'elle l'aimait.

— C'est quoi, ce bateau ?

— Saisie. Le capitaine a essayé d'éperonner un de nos patrouilleurs devant Brest.

— Greenpeace ?

— Plus méchant. *Vegan's streme*. Ils attaquent. Ils voudraient saboter le remorquage du *Gallieni* par les Anglais. Ils ont failli réussir à l'accoster, l'autre jour. On a dû mettre des barbelés sur le pont, contre les ULM.

— Ça m'excite de faire l'amour dans le lit d'un vrai pirate. Tu as changé les draps ?

— Comme si les végétaliens extrêmes salissaient leurs draps ! Cette petite odeur de ciboulette bio vous fouette les sangs.

— C'est tellement bas de plafond qu'on ne peut même pas sauter sur le matelas.

La dernière fois qu'ils s'étaient vus, dans un moulin noyé de brume, au bord d'un marais à sarcelles, Anne-Marie avait lancé la trampoline, à poil : une gigue de folle administrée aux ressorts d'un sommier qui hurlait à la mort. Eh quoi, un paddock, c'est fait pour s'envoyer en l'air, non ?... À trois heures du matin, Rémus attrapait les rames d'un sportyak amarré devant la maisonnette et ils se réchauffaient comme ils pouvaient dans un brouillard de fin des temps. Quelques minutes avant, il était sorti appeler Élyane, appeler sa femme, LA femme qu'il avait cessé d'aimer, et il avait trouvé porte close en voulant rentrer.

— Gratte-moi le dos, dit Anne-Marie.

— Là ?

— Plus à gauche.

— Ici ?

— Plus haut, plus bas, plus fort, gratte ! Avec les ongles ! Appuie ! Ah, c'est bon...

Elle nicha le nez dans son cou.

— Pas un homme ne gratte le dos d'une femme aussi bien que toi, mon amour. Tu détiens le Grattoir d'or du grattage ! Si ça se savait, elles seraient toutes après toi.

Elle soupira :

— Elles le sont déjà.

Ils étaient côte à côte, jambes entremêlées. Rémus caressait du genou un délectable haut de cuisse fraîchement épilé. Anne-Marie jouait discrètement à décalotter son pénis détendu, à le recalotter en pinçant hermétiquement la chair par-dessus, comme s'il pouvait prendre froid, le pauvre chou. Un contact très doux, très maternel, qui lui chagrinait les nerfs. Leur première étreinte avait été bonne et brève ; la seconde, laborieuse et mécanique, à la limite du fiasco. Ils n'en avaient eu envie ni l'un ni l'autre, physiquement unis mais l'esprit battant la campagne.

Rémus savait qu'ils faisaient bien ou mal l'amour selon qu'Anne-Marie avait ou non des griefs à formuler. Elle était pareille à ces mimosas dont les feuilles s'émeuvent au contact des doigts. Anne-Marie la sensitive, une femme fière, une femme respectée par ses parents, par ses amis, par son mari, respectée par ses collaborateurs de la section antiterroriste, une femme jeune que l'on s'arrachait dans les galas, une femme délicate pour qui la délicatesse était le premier talent de l'homme auquel, par amour, elle abandonnait son corps, avec ses fantasmes, ses sensations, pour ces motifs il était déshonorant qu'elle eût à jouer ce rôle de mégère quand il la prenait pour la dernière des connasses, lui, le gendarme chéri du président.

— Hélas, j'ai un métier, chérie, dit Rémus, et neuf heures vont sonner au beffroi.

Il sauta dans son pantalon.

— Tu as parlé à Élyane ?

— Bien sûr... enfin non. Elle vient d'accoucher. On attendra quelque temps pour la poignarder.

— Tu pars où ?

— Ça ne te regarde pas. Pour... Bruxelles, le Parlement... ou disons Londres, Westminster, la cathédrale.

— Tu m'avais promis peignoir, café, tartines...

— Le peignoir du capitaine est sur la chaise, tu trouveras un petit déjeuner complet dans la poche.

— Eh bien non, tu restes avec moi !

Elle se cramponna de tout son poids quand il se rallongea pour l'embrasser.

— Cinq minutes, dit-elle. On ne s'est même pas parlé, pas vus. Laisse-moi te regarder.

Elle a mis son visage tout près du sien, lui a passé les mains dans les cheveux, le peignant et le dépeignant ; il avait horreur qu'on lui touche les cheveux en appuyant, comme elle faisait.

— C'est qui, la gamine qui dort chez toi, ces jours-ci ?

— Françoise, la nièce de Frank.

Au même instant, Onyx roulait vers Metz. Il ne l'avait pas vue sous ses nouveaux tifs. D'après Frank, elle était au point. Martinat ne reconnaîtrait jamais la petite vachère payée pour aiguillonner les bestiaux sur le tapis roulant. Fallait aussi qu'il voulût bien l'embaucher, et que lui, Rémus, ait eu le nez creux, concernant Paneurox.

— Vous couchez ensemble ?

— C'est une lesbienne en voyage à Paris pour un séminaire européen regroupant des filles du monde entier. C'est interdit aux mecs.

— Moi, je m'en fous si tu l'as sautée, tu sais. Du moment que tu ne t'attaches pas.

— Elles ont tout un programme d'égalité entre les sexes. Elles veulent trancher le pénis à la naissance, le rapporter aux dimensions d'un clito ; un mâle reproducteur sur deux conservera son testicule droit, le plus fécondant. Il y aura des toilettes unisexe dans les lieux publics, et on ne verra plus les picto-grammes de marquises à ombrelle et de marquis à haut-de-forme baliser l'entrée des chiottes.

— Je sais que tu l'as sautée, Frank me l'a dit.

— Elle repart demain dans son île.

— Gomorrhe n'est pas une île.

— Tu oublies la montée des eaux : vingt-deux cen-timètres en un an.

— Je vais te tuer, Rémus !

Il fronça les sourcils. Il était aussi mortel que n'importe qui, sans doute un peu plus. Il disparaîtrait sans connaître le fin mot du monde. Mais pas tout de suite, s'il vous plaît.

Il parvint à rouler sur le dos. Il allait compter jusqu'à dix et sortir du lit.

— C'est toujours pareil, avec toi.

— Trois, quatre, cinq...

— Il faut qu'on parle, Rémus. J'ai quelqu'un d'autre dans ma vie.

Six, sept, huit...

— Je n'ai pas que toi, fit Anne-Marie d'une voix sans timbre.

Neuf, dix... Il prit sa respiration :

— Tu peux répéter ça ?

— Mon père m'assommerait, s'il m'entendait... Deux mecs en même temps, deux amants. Je ne pensais pas que ça m'arriverait jamais. Il me traiterait de pute, de traînée... Mais c'est comme ça. De toute manière, tu ne le connais pas. C'est un étranger. Je ne veux entendre aucune question sur ce garçon. Tu détestes les conflits, et moi aussi.

Il la regardait, elle était totalement nue, les mains sous la nuque, provocante, les aisselles les plus nacrées, les yeux les plus verts, les plus beaux, les seins très ronds, très pointus. Elle ressemblait comme une sœur à Myriana. Anne-Marie, c'était presque Myriana.

— Tu n'es pas jaloux, quand même ?

Il en était malade, oui, désespéré.

— C'est arrivé quand ?

— L'été dernier, quand tu m'as plantée, au Trez-Hir.

— C'est surtout lui qui t'a plantée.

— Tu n'avais qu'à être là. Je devenais dingue. Je n'osais pas sortir à cause de ta femme, ta femme... Si je n'avais pas rencontré Giac... si je ne l'avais pas rencontré, lui, j'aurais peut-être couché avec ce naze de Fred.

— Parce qu'il était là, ton larbin ?

— Espion de Xavier, tu penses !... Xavier s'imagine qu'il est seulement homo, mais il saute sur tout ce qui bouge.

Il lui donne rendez-vous là-bas, et un autre... un mec dont l'horoscope avait dû claironner dans tous les magazines : *Attention, grande rencontre cet été...* Pardonnable, évidemment, mais ineffaçable. Rémus pardonnait sans pardonner : le lien se rompait malgré lui.

— C'est qui ?

— Le fils d'un grand patron de presse.

— Qui s'appelle ?

— Arrête ça tout de suite, tu te fais du mal pour rien.

Il sentit sur sa nuque le grattouillis d'un nez consolateur et se rallongea.

— Écoute, fit-elle avec jovialité. On est en 2013, on ne va pas en faire une montagne. Je peux quand même tirer mon coup avec un Italien sans que tu prennes cet air accablé. Si j'avais su, je ne t'aurais rien dit. Mais je suis naïve, moi ; il faut toujours que je parle trop.

Elle dit plus gravement :

— S'il te plaît, Rémus, regarde-moi. C'est vrai, tu n'es jamais libre, on ne fait rien ensemble. On n'a aucun avenir, tous les deux...

— Tu es sûre que tu ne l'as pas inventé ?

Il détesta le silence qui suivit.

— Je t'avais prévenu, Rémus. J'ai besoin qu'on prenne soin de moi. Je veux dire : qu'on soit à la hauteur... Il me donne beaucoup, lui, il est plus jeune que toi...

— Ce qui signifie ?

— Mais qu'il est jeune, c'est tout, qu'est-ce que tu imagines ? Il est jeune et vigoureux... Et dingue de moi, ce qui ne gâte rien.

— Et toi ?

Elle ravala un petit rire de gorge, un rire à tuer.

— Il est très doux, tu vois.

Elle fit se caresser doucement ses deux paumes entre elles, suggérant l'accord idéal des peaux.

— C'est un gentleman... Complètement... euh, béat ! Quand il me prend, il devient fou. J'ai des bleus partout, après. L'autre jour, j'ai eu du mal à marcher.

Il lui posa des questions qu'elle esquiva d'un rire ou d'un mot. Sinistre, l'idée d'être évincé. Les femmes ne lui disaient-elles pas : avec toi, c'est différent ? Peut-être le disaient-elles chaque fois qu'elles se donnaient à quelqu'un ? À quarante-cinq ans, avoir la naïveté du jeune coq... Vivre sans Anne-Marie, ne plus la contempler, ne plus la toucher en se disant : ce corps est à moi, rien qu'à moi, ce regard est à moi, pas une parcelle de cette peau, pas un poil qui ne vibre autrement qu'à mon contact. C'est ainsi qu'il ressentait les choses. Il fréquentait plusieurs filles, c'est vrai, mais avec une préférence marquée pour Anne-Marie. Il usait dans ses relations avec elle d'un vocabulaire amoureux assez complet, pouvant aller jusqu'aux serments éternels. Il conservait dans une montre ancienne en or une mèche prélevée sur sa toison pubienne. Il ne l'aimait pas, certes non, mais il était attaché à l'idée qu'elle n'aimât que lui.

— Alors, tu vas choisir ? Entre lui et moi ?

— Et toi ? rétorqua-t-elle. Tu vas choisir entre elle et moi ? entre ta femme et ton amour ?

Encore une fois, il voulut se lever, mais, plus agile, Anne-Marie se jeta sur lui de tout son long, lui maintenant les épaules, une jambe contre les siennes, souriant et l'observant comme une proie. Il aspirait son haleine, sa voix, le ventre collé au sien.

— Tu vas choisir, oui ?.... Parle à ta femme... Parle-lui, ou je prends un mec, le premier qui passe, juré ! Tu vas lui parler ?

— Oui.

— J'ai pas les seins refaits, moi. Parle-lui.

— Elle a des seins tout ce qu'il y a de naturels.

— Elle n'a pas de seins, c'est une planche. Parle-lui, ou je te plaque, Rémus, comme ça — et elle le plaquait, le mordillait, lui léchait les yeux, lui roulait des baisers gloutons, à l'asphyxier, se cambrait, gagnée par le désir, elle se faisait lourde et mouvante, se frottait. — Ah, ça t'excite, vieux pervers, mes histoires d'amant italien, eh bien, fais gaffe, ce sera une histoire vraie, si tu n'es plus à la hauteur. C'est toi que je veux, Rémus, personne d'autre, oh oui...

Il l'enlaça, prit à pleines mains les seins naturels d'Anne-Marie, puis, la renversant en arrière, il fut sur elle, de loin la meilleure position pour dire l'amour et lui répéter qu'il l'aimait, l'aimait, l'aimait pour toujours. Il ne contrôlait plus ce qu'il disait. Oh non, oh oui.

22.

Oh oui, l'amour finit par se rebeller contre les mots des premiers instants, passé l'euphorie d'un bonheur jamais éprouvé, dit-on. Moi, jamais. Moi non plus. Ces contrats haletants où l'on fait vœu d'éternité, de fidélité absolue pour toujours, toujours l'un à l'autre, l'un et l'autre, et encore toujours, et de plus en plus. Les mots qu'Anne-Marie buvait sur ses lèvres n'étaient que les mots jadis offerts à Myriana. Je vais quitter ma femme et nous vivrons ensemble, et j'aurai dans mon lit la personne que j'ai envie d'aimer toutes les nuits, tous les jours, sans me lasser, jamais. Ces choses-là peuvent arriver comme un hasard de tombola, un miracle : un seul regard, une seule chair, une seule attente à la pointe enflammée des nerfs. À la tombola des violences guerrières il avait gagné Myriana, puis sa mort après l'amour. Anne-Marie se berçait encore aujourd'hui de promesses dont Rémus s'estimait délié, n'étant plus l'homme qui les avait faites à son retour d'Afghanistan. Il voulait probablement quitter sa femme, mais non pour aller vivre avec une Anne-Marie déjà prête à voir des avocats, à signer des protocoles. Il désirait encore aimer, faire vœu d'éternité, de fidélité, d'absolu, mais ce n'était plus Anne-Marie qu'il voulait embarquer dans un pareil voyage.

Elle appela tant et plus au cours de la même journée, avec ou sans message. Il ne répondit pas. Elle rusait, elle envoyait des textos, des mails, elle changeait de ligne ; chassée par le fixe, elle essayait de rentrer par le mobile. J'ai laissé mon MP3 dans une poche de ta veste, mon jazz, ma variétoche et ma bossa nova. Rends-les moi, voleur !... Elle disait qu'elle s'amusait beaucoup à lui courir après. Elle disait qu'il ne l'empêcherait pas d'être heureuse, aujourd'hui, même en faisant la gueule ; qu'il était un homme unique au monde, son homme à elle, que personne n'avait sa grâce, son don pour caresser les femmes, qu'il était un coup phénoménal. Il ne décrochait pas, il se demandait jusqu'où elle pourrait aller pour obtenir de sa part une réaction, à quel moment elle oserait impliquer Popeye dans ses manigances. *Quelqu'un d'autre dans ma vie, c'est vrai. J'étais à bout. Giac : j'adore ce prénom qui lui va si bien. Avec lui, je suis une reine. C'est autre chose qu'avec toi. Il me faut juste le courage de quitter Xa...* Et ainsi de mails en textos, jusqu'au soir.

Bruno conduisit Rémus à la maternité.

— T'as bien du bol, de vivre seul.

— Aucun être humain normal n'est constitué pour vivre seul.

— Qui aurait cru qu'un chauffeur de grand policier ait une âme de métaphysicien ? Aucun homme n'est constitué pour se faire massacrer la gueule chaque fois qu'il met un pied chez lui.

— Il faut un terrain d'entente.

— Je n'ai que des terrains de mésentente.

— T'es sûr que ta phrase a un sens ? Quand un mec a une couille au chaud sous chaque oreiller du secteur, faut pas s'étonner que Bobonne ait la rage... Ou tu la fais piquer, ou tu changes.

— T'es vraiment un ami, toi.

— Juste une petite chose payée pour t'amener d'un point à un autre à toute heure du jour et de la nuit.

— Et alors ?

— C'est jamais qu'une petite chose de flic, une petite amitié.

Bruno conduisait, imperturbable.

— Je ne suis pas seul, j'ai mes fils une semaine sur deux. Je câline la voisine la semaine où ils sont absents.

— Belle ?

— Café au lait... La Guadeloupe. Un mari genre épisodique. Qui lui fout sur la gueule. Elle sonne chez moi, la nuit, elle se met en boule sur le canapé, et quand ça va mieux elle vient me chercher. C'est une peau douce. Une peau douce, Rémus, t'en auras besoin, pour vivre.

Je pense à Giac toutes les secondes que le bon Dieu fait, ça me rend malade. Xavier vient de perdre son ami d'enfance, emporté par le cancer en deux mois, ça me tue, cette histoire. Tu devrais l'appeler. Si je pouvais, je partirais, là, tout de suite, n'importe où. Je tomberais dans n'importe quels bras. Je suis quelqu'un d'entier, je veux vivre toute ma vie sans en perdre une goutte.

— Et le mari, il te fout pas sur la gueule ?

— Au contraire... On se croise dans l'ascenseur : un mec poli, timide. On dirait qu'il pense : le pauvre, s'il savait... Moi, j'ai hâte qu'il se tire.

« Dix-neuf heures, arrivée à Metz. Onyx. »

— Gare toi sous les feuillages, dit Rémus.

« Parle à ta femme, ou c'est moi qui vais lui parler, et je te jure que je le ferai. Je débarquerai chez toi. Ma vie n'a aucun sens, quand tu n'es pas là. »

— J'en ai, allez, pour un quart d'heure...

C'est toujours présomptueux de fixer des limites à l'avenir, quel qu'il soit.

Rémus entra dans la clinique.

Il lui sembla déceler une certaine tension à l'étage d'Élyane, un silence un peu trop onctueux. Avant l'orage, quelquefois, cette ambiance de plomb qui s'accroche au tympan... Absurde : il venait rendre visite à la femme qu'il ne voulait plus retrouver dans son lit, ne plus loger dans aucun bon souvenir.

Il ne soupçonnait pas qu'on pût désirer si peu son propre enfant.

Écoute, lui dirait-il un jour, j'ai plongé dans l'océan pour aller chercher ta mère, et, ce faisant, je t'ai sauvé la vie, alors ne m'en demande pas trop.

Touche dièse, silence.

Pas de poignée à la porte de la chambre, mais une feuille d'aluminium vissée.

Il avait combattu les Talibans dans leurs terriers, il était monté à bord d'avions ou de bateaux pirates sur le point de voler en éclats, il s'était vu mourir des dizaines de fois et, comme les trouillards instinctifs, il tenait bon face à la peur. Il pourrait donc franchir

cette porte rose bonbon sans recommander son âme
à Dieu.

Il vit d'abord une corbeille de fruits déguisés sur
une table, puis Élyane, les yeux ouverts, les avant-
bras reliés à des perfusions.

Un berceau d'altuglass teinté, vide.

— Le bébé ?

— Couveuse. Il est en piteux état. Il a besoin qu'on
lui parle doucement.

La voix d'Élyane berçait en lui d'invisibles souvenirs, une voix d'enfant perchée sur la lune. À la mer,
un soir, il l'avait croisée, marchant contre le vent sans
qu'il fît du vent. Elle traînait par une branche un
morceau d'arbre pétrifié, comme une poupée.

— Fille ou garçon ?

On le lui avait dit, bien qu'elle eût passé des
consignes féroces, mais il avait oublié. Elle avait enfanté
par les voies naturelles après une cavale à travers les
bâtiments et les cours, d'un pavillon à l'autre. Perfusion arrachée, elle avait gagné les étages supérieurs,
puis inférieurs, semant du sang partout, se blottissant
dans une cage de monte-charge hors-service immobilisé entre deux sous-sols, enfin capturée par deux
hardis squatters qui s'étaient crus victimes d'une bête
enragée.

— C'est quoi, ça, un urinoir en argent ?

— Un seau à champagne. Un cadeau du président.
Il se moque de moi.

— Le protocole s'est gouré.

Il s'assit dans le grand fauteuil de repos, si ergono-
mique et propice au relâchement qu'il ferma les yeux
un instant.

— J'ai mal au ventre.

Une soirée chargée l'attendait : visite à Jill, conférence au bureau, hélicoptère, escorte à Bruxelles, virée à Nîmes où le rapport disait que régnait entre les communautés un doux climat d'émeute insurrectionnelle et que, même à huit cents gendarmes, le dispositif ne suffisait pas, et, pour finir, Brest pour l'ultime visite de *Q 769* avec des huiles de la Marine, dont l'amiral Bureau, chef d'état-major. Si possible, il pioncerait une heure ou deux à l'arsenal, sinon il se poserait directement sur le pont d'envol. Il y tenait, à cette visite. Quatre jours ne seraient pas de trop pour venir à bout des cent quatre-vingts kilomètres de coursive et des centaines de caches qu'ils recelaient. Satanés Anglais... Dire qu'on allait chercher les Rosbifs pour déchirer les vieux bateaux français, ceux qu'ils n'avaient pas eu l'occasion de désarmer à Mers-el-Kébir ou de couler sur les flots. Ah, ça les ferait bien marrer, là-bas, les tabloïds, si on oubliait du personnel dans la carcasse, genre végétalistes à banderoles ou passeurs de n'importe quoi, ou, pire, des combattants, une brochette de connards soi-disant combattants !

— Ah ! bâilla-t-il en rouvrant les yeux.

Il vit les yeux d'Élyane, immobiles, qui le fixaient.

— Mal au ventre et mal au dos. C'est atroce...

— Fais comme moi, dors.

— C'est tout ce que tu trouves à dire ?

Il chercha le bouton qui redressait le dossier du fauteuil.

— Non, ce n'est pas tout. J'ai une question à te poser.

210

— Justement, dit Élyane, j'ai pour toi une liste de choses à acheter, tu veux bien ? Le plus important, c'est la tétine en latex, il fait une intolérance au caoutchouc. Tu as pensé au brumisateur ?

— Quel brumisateur ?

— Tous les maris pensent au brumisateur, quand leur femme vient d'accoucher.

— Ils pensent à quoi d'autre ?

— Aux fleurs. C'est gentil, mais à l'hôpital c'est interdit, les fleurs, ça fait vomir. Ceux qui connaissent bien les femmes pensent aussi aux croissants... Ah, l'état-civil a laissé un formulaire de déclaration : tu vas le remplir ?

— Après... Réponds d'abord à ma question. Est-ce que...

— J'aimerais mieux que tu ne le remplisses pas. J'aimerais mieux que tu gardes ton sale nom pour toi.

Ça commence, pensa-t-il. Ça commence par mon nom. Ça peut finir par une piqûre antihistaminique, c'est probablement ce qu'elle veut.

— C'est un nom qui n'attire que des ennuis, fit-elle avec un petit air gentil. Ça n'est même pas un nom. Chez moi, on s'appelle Capron. C'est joli, Capron. Ça veut dire petite chèvre, en patois, petite frondeuse... Entre Morvan et Capron, y'a pas photo. Tu veux bien me poser les mains à plat sur le ventre ?

Elle fait l'enfant, pensa Rémus ; elle est prête à délirer.

— Tu peux les poser sans crainte, dit Élyane. Quand c'est moi, ça ne marche pas. J'ai tellement mal.

Ce matin, l'omoplate d'Anne-Marie ; ce soir, le ventre d'Élyane : je vais finir ostéopathe ou chiropracteur.

— L'autre jour, dit-il, quand tu nageais, est-ce que tu voulais en finir ?

Elle haussa imperceptiblement les épaules, l'air maussade, regardant pointer ses orteils au bout du lit.

— Ça me saoule !...

— Ça te saoule ?

— Ben quoi, je nageais.

— Exact.

— Je voudrais t'y voir, toi, au neuvième mois de grossesse : c'est tellement lourd, encombrant. Et c'est tellement bon de nager, de nager seule, d'être un peu tranquille...

Il se retrouvait dans son collimateur, subjugué ; il n'arrivait pas à trancher ce filet de voix continu qui charriait un bric-à-brac de perfidies et d'évidences mensongères, alternant soupçons, reproches, indulgences bidons, pseudo-confessions, théories à la noix, vérités en toc, et pas d'intervalles entre les mots, toute une mauvaise foi sécrétée par l'orgueil de quelqu'un prêt à mourir haché menu plutôt que d'avoir tort. Ainsi fait de manière si viscérale qu'elle aidait les autres, surtout les hommes, à s'en sortir, à se voir tels qu'ils étaient, faibles, menteurs, fuyants, timorés, tordus, flambards, dominés par leurs émotions, immatures, ennemis des femmes, avec une mémoire enfantine bien plus dépenaillée qu'ils ne l'avouaient, une mère qui ne les avait pas aimés, pas autant qu'ils le prétendaient, mais non, une sainte-nitouche de maman qui devait beaucoup sortir le

212

soir, tu le sais très bien, et rentrait bourrée, méchante, pour qu'ils en soient à faire un tel complexe d'abandon, et pourquoi nier, toujours nier, refuser d'embrasser la réalité, ta mère ne t'aimait guère, mon vieux, ça n'est pas grave, il y a des gens très bien que leurs mères haïssaient, ils le reconnaissent, ils travaillent là-dessus, toi tu l'aimais, c'est un bon point, elle non, tu ne serais pas tel que tu es si ta mère avait eu pour toi le millième du sentiment que tu vas chantant sur les toits. Rien que ça, Rémus : la guerre... J'aimerais bien savoir quelle maman digne de ce nom laisse un jour son fils de dix-huit ans partir à la guerre, ça donne froid dans le dos, mais admets-le, sois franc, comment veux-tu grandir et changer, tu te prends pour un surhomme, suraimé par sa mère, suraimé par les femmes, idolâtré par ses chefs et ses amis, penses-y : tant que tu lutteras contre ta propre histoire, tu seras seul, tu n'auras pas confiance en toi, et moi non plus, ça n'ira pas entre nous, ça n'ira jamais, bouh ! bouh !

Élyane sanglotait.

Rémus porta son attention sur la corbeille de fruits déguisés. Un bien joli trésor, aussi rouge et vert qu'un butin en vrac sur le pont d'un galion piraté. Il imagina ses mains déchirant la cellophane, il imagina ses dents croquant dans l'un de ces cabochons en pâte d'amande, et il se mit à saliver. Il imagina sa langue léchant le sucre entre ses dents. Il avait un truc, en Afghanistan, pour tromper l'ennui déboussolant des planques. Un truc non moins efficace pour amortir les décibels d'Élyane, ce babil incendiaire. Il regardait un objet jusqu'à se rendre idiot, jusqu'à le voir avec les yeux d'un artiste halluciné qui parfois n'en laissera rien sur la toile, hors quelques traces insignifiantes. Un jour, entre deux rocailles, il avait scruté tout l'après-midi le corps desséché d'un oiseau parmi des pierres semblables à des os blanchis. Ce cadavre n'était pas si vieux puisqu'on voyait frémir au vent l'accroche-cœur d'une plume, et ce jour-là, bien lui en avait pris de ne pas aller cueillir cette plume au vent dont il avait follement envie, car le premier d'entre eux qui était allé se dégourdir les pattes était tombé sans bruit, sans un coup de feu audible, sans même un cri, poussière de sable épar-pillée, et ses restes blanchissaient aujourd'hui, là-bas, comme une pierre, un reste d'oiseau plumé par le vent.

— Je me demande encore ce que tu fichais derrière moi, disait Élyane au loin, moi, une femme enceinte, est-ce que tu te rends compte ? est-ce que tu ne vou-lais pas me... Tu jouais les types affolés, je pense en fait que tu voulais m'affoler... Tu m'affolais, je com-prends ton point de vue, tu étais merdeux, extrême-ment vexé, tu t'étais laissé gifler par une femme sous les yeux du prof, toi, le super grand flic du prési-dent... Tu t'es dit : cette petite connasse va morfler, tu m'as suivie à la plage, tu as attendu que je me sois un peu éloignée du bord pour te mettre à l'eau, et tu as commencé à respirer fort derrière moi, et tu n'en avais rien à foutre qu'un gosse reste seul sur la plage, on a vu le résultat ! Tu aurais voulu t'en débarrasser, tu n'aurais pas agi autrement, mais c'est ta vengeance de macho vieillissant qui t'intéressait, tu essayais de m'attraper les pieds, tu m'as fait mal, tu m'obligeais à m'éloigner de plus en plus, tu voulais m'obliger à réclamer ton aide, et s'il m'était arrivé quoi que ce soit, tel que je te connais, c'est toi qu'on aurait plaint... Maintenant je te le demande, Rémus, les yeux dans les yeux, au nom de notre petit bout de chou qui cherche à vivre, là-haut : c'était quoi, ton intention, dis-le-moi !.... Ah oui, je me demande bien ce que tu fichais derrière moi, je n'en pouvais plus de nager, de nager vers le large, avec ce mari dans mon dos ; je me laissais couler un moment et je me disais : c'est sûrement ça qu'il veut, que je ne remonte jamais à la surface, eh bien je ne remonterai pas ! Je vais rester seule avec mon bébé dans le noir, on est chez nous, bébé, il n'a qu'à venir nous chercher ! On n'imagine pas comme une femme est seule avec son bébé dans la mer. Mais si je perds dans l'océan mon bébé, c'est toi qu'on plaindra. Si le bébé veut sortir, c'est lui qu'on plaindra, le père. Pas cette salope d'hystéro qui le forçait à nager de plus en plus loin, pas cette saleté d'épouse enceinte qui lui faisait une existence de merde. Lui, son flic épuisé, son forceur de blocus, pas cette misérable cocue jalouse qui n'avait que ce qu'elle méritait. J'y crois pas une seconde à ton arrêt du cœur, à tes vapeurs de pucelle au milieu des flots : c'est tout ce que t'avais trouvé pour me rendre un peu plus dingue ? Mais qu'est ce qu'elles t'ont donc fait, les femmes, raconte-moi un peu, dis-le-moi ! Qu'est-ce qu'elle t'a fait, ta mère, pour t'inspirer des plans aussi véreux à quarante-cinq balais ? C'est immonde, ça, d'obliger une femme enceinte à nager vers n'importe où, et subitement tourner de l'œil, et mater en douce ! Tu

me regardais, ça t'excitait, comme situation, hein :
qu'est-ce qu'elle allait faire ? Te choisir, toi ? Couler
avec ton poids mort sur les bras et dans le ventre un
bébé vivant ? T'abandonner à tes convulsions pour
sauver l'enfant ?

— Respire, dit Rémus en la voyant hoqueter, et sa
rage partir en eau. Respire à fond.

Il ne faisait pas un geste pour l'aider. Elle glissa
vers lui un regard amer et se remit à parler d'une voix
fastidieuse de maîtresse d'école.

— Maintenant, je te le redemande, Rémus, les yeux
dans les yeux, au nom de notre petit bout de chou
qui ne va pas bien, là-haut : c'était quoi, ton intention, quand tu nageais derrière moi, l'autre jour ? J'ai
besoin de savoir, je ne pense qu'à ça, je ne vis plus,
comment peut-on vivre à tes côtés ?

— Tu penses trop, fit-il en détachant ses paumes
trempées des poignées de skaï ; ça dérègle mes glandes
sudoripares.

— Soit tu réponds, soit, en sortant d'ici, je dépose
une main courante au commissariat.

— Si tu veux, j'enregistre ta déposition.

— Pour tentative d'homicide !

Il se pencha vers elle en vitesse, le temps de faire
un tour dans un regard dont il n'aimait pas l'expression sournoise – celui d'une étrangère encline à juger
et à médire.

— Et toi, qu'est-ce que tu foutais au large, Élyane ?
dit-il – et, se détournant, il lui demanda la provenance
des fruits déguisés.

— Tu l'auras voulu ! répondit Élyane – et il resta
impassible lorsqu'il la vit s'enrouler la main gauche

216

autour de la perfusion droite, faisant mine de vouloir tout arracher.

Il l'avait déjà vue sortir les couteaux de cuisine, il l'avait vue manger à poignées le terreau des jardinières de fleurs, à plat ventre au milieu du salon, après un chamboule-tout digne d'une fête de village, massacrer avec un haut tabouret les miroirs de la maison en proclamant allègrement : « Sept ans de malheur ! sept ans de malheur !... », il l'avait vue se lacérer la face, il l'avait vue devenir folle, s'enfermer à double tour quand il refusait d'être le macho dans sa toile d'araignée, quand il ne répondait pas à des questions qu'il estimait déplacées, ou à un désir sexuel de pure manipulation. Que ne lui aurait-elle pas donné s'il avait répondu : « Mon père était un être veule, et ma mère une mère accidentelle qui ne se pardonnait pas de m'avoir mis au monde ; oui, j'en veux à toutes les femmes d'être des mères en puissance, j'assouvis une vengeance d'enfant solitaire en les roulant dans la farine ; oui, je te sais gré d'avoir touché du doigt cette plaie dont j'ai honte ; oui, je vais me faire soigner... » Depuis sept ans, il privait l'araignée de son festin, d'être une mouche docile entre ses pattes.

— Je dirai à l'infirmière que c'est toi, dit Élyane.

— Elle en a vu d'autres, et moi aussi.

— En plus, tu me provoques !

Elle resserra sa prise et, dans la canule rudoyée, le sérum clair se mit à rosir.

Ce n'est pas vrai qu'on s'habitue à voir le sang. Plus on en voit, plus on trouve ça choquant. Il suffit de quelques gouttes s'effilochant dans le sérum d'une perfusion pour anticiper le pire.

— On est sans nouvelles de Popeye, soupira Rémus, et il se leva.

— Et qu'est-ce que tu veux que ça me fiche ? Je sais que vous l'avez retrouvé. On me l'a dit.

— On ne te l'a pas dit.

— C'est Anne-Marie qui me l'a dit. La seule en qui j'aie confiance et avec qui je suis sûre que tu n'as pas couché : tu as bien trop peur qu'on te fiche à la porte. Elle te connaît parfaitement. Si tu savais comment elle parle de toi...

— Elle ne t'aurait rien dit, de toute manière. Elle n'a de comptes à rendre qu'à moi, et si on avait retrouvé Popeye, j'aurais été le premier à le savoir.

— La preuve que non !... Elle a confiance en moi. Elle a téléphoné, tout à l'heure. Elle était désolée que le protocole ait si mal fait les choses en livrant ces saletés de fruits, ce seau à champagne à une femme qui vient d'accoucher. Il faut que tu les rapportes à la maison... C'est là qu'elle m'a dit la vérité, pour Popeye. Elle n'arrivait pas à te joindre, alors elle me l'a dit : ce n'est pas ce que j'appelle un secret d'État ? Elle n'a donné aucun détail.

Il quitta la chambre, agoni d'injures, traité de tous ces noms dont les épouses négligées affublent des maris mithridatisés à la salive de feu qu'on leur donne à boire. Il ignorait toujours si c'était une fille ou un garçon, ce qu'était devenue la canule enroulée sur la main. Il bipait les uns et les autres en remontant les allées, sous les platanes, mais, pour tous, les recherches étaient au point mort. Il bipa Anne-Marie, qui n'y était pour personne. À chaque pas la cellophane froissée chouinait contre sa joue moite, les fruits vacillaient dans la corbeille. Il y aurait bien une bonne âme pour l'en débarrasser, pourquoi pas une bonne âme de poubelle... En même temps, il avait envie de courir aussi vite qu'il pouvait.

Il revoyait le sourire de cet homme à lunettes d'ivoire qui lui avait tiré dans les pattes, une fois, deux fois, tandis qu'il fonçait le plus vite qu'il pouvait jusqu'à son blindé, avant de s'écrouler face contre terre, les os du genou droit comme liquéfiés. Chaque fois qu'il forçait l'allure, la sourde douleur qu'il éprouvait jour et nuit se faisait plus vive, lui montait aux yeux.

Parvenu au boulevard, c'est à peine s'il arrivait encore à marcher ; rien de tel que boiter pour avoir l'air d'un vieux con méchant, prêt à assener des coups de canne au monde entier. Comment peut-on confier la sécurité d'un pays à un boiteux ?

Ah, Bruno n'est pas seul, se dit-il à quelques mètres de la voiture, et presque aussitôt la portière avant s'ouvrit sur une bondissante Anne-Marie qui s'excusait d'être là, bien obligée du fait qu'on l'avait bipée.

— C'est important.

Il retint son souffle, appuyé de tout son poids sur son pied valide.

Tout en se tenant droit, il ressentait l'empilement des petits os douloureux, de sa nuque à ses reins, le chemin qu'empruntait la souffrance venue du cerveau redescendre se nicher en boule sous la rotule en plastoc. Il expectora plus qu'il ne dit le vœu que son sang martelait :

— On a retrouvé Popeye ?

Ce fut un cri rauque, suppliant :

— Un lord de l'amirauté britannique s'est fait bastonner au cours d'un échange qu'on dira houleux avec les francophiles d'outre-Manche... Le remorquage du *Gallieni* est reporté *sine die*.

— On n'a pas retrouvé Popeye ?

— Tu ne vas pas à Brest, cette nuit... Un lord bastonné, tu te rends compte ?

— Et Popeye ?

— Le porte-avions...

— Rien à branler du *Gallieni* !

23.

Il repassa chez lui, soi-disant pour un brin de toilette. Dans la chambre occupée par Onyx, attenante à la salle de bains, il trouva cet effluve qui n'appartient qu'aux filles, ce rose effluve des filles attaché aux atomes de l'air qu'elles ont respiré, plus fort que leur propre parfum. Toutes les affaires d'Onyx tenaient dans un fourre-tout vert à cadenas doré qu'elle avait dû piquer sur un tapis d'aéroport à la barbe de petites Japonaises sens dessus dessous. Rien ne traînait ici qui pût rappeler sa présence, elle avait tiré les draps, retapé les oreillers de sorte que l'on ne voyait pas de quel côté elle avait dormi. Il s'y affala quelques instants, les doigts entrelacés sur ses paupières, puis, détendu, regarda sous le lit et traîna sa patte folle jusqu'à la salle de bains où régnait la même absence résolue, la même volonté d'effacement, contrecarrées par cette odeur vaguement sucrée qu'il absorbait. On eût dit qu'elle avait essuyé les traces de mains sur les robinets, frotté l'émail du lavabo.

Cette fille le haïssait.

Il pissa dans le lavabo.

Rémus faisait lui-même ses injections. Il ouvrit le tiroir supérieur de la pharmacie, prit la boîte à piqûres et s'assit au coin de la baignoire, son froc descendu sur les mollets. Il considéra la face interne de son genou, là où la douleur semblait grouiller sous les deux cicatrices hiéroglyphiques. Autour, les vaisseaux éclatés tramaient comme une toile d'araignée. Tant de filles s'étaient relayées pour coller leurs lèvres à ces plaies abjectes, leurs lèvres ferventes auxquelles ont indifféremment droit les amoureux, les enfants, les vieillards, ces baisers jamais las de panser la chair mal finie des vivants !

Il badigeonna son genou d'alcool et le muscle se mit à blanchir, accusant le réseau compliqué de veinules qui saignaient sous la peau. Tant de filles, un nombre incalculable de nuits... Et il s'étonnait encore d'avoir pour femme une cinglée dont le seul nom lui donnait la nausée, d'autant plus qu'ils avaient ensemble un enfant, maintenant, ça ne l'intéressait aucunement de savoir s'il était fille ou garçon. Ça ne l'intéressait aucunement d'être le père de l'enfant d'Élyane, il n'avait pas demandé à le voir, il plaignait cet enfant d'avoir un père tel que lui.

Au marqueur de chirurgien il délimita les quatre zones où piquer, entre le tendon du quadriceps et le ligament rotulien. Une première fois, il enfonça l'aiguille sur toute sa longueur. Aussitôt la douleur disparut, emportant les idées noires. À la quatrième injection, Rémus remonta son pantalon.

Jill l'ignorait encore, mais elle attendait incessamment sa visite. Il devait bien rester une de ces jolies boîtes de caviar iranien que le président lui faisait porter avec du linge de corps fripon. Il ne savait pas s'il viendrait de la part de Mister Poutine ou du président français. C'était malsain qu'elle eût aussi peur de lui, il n'avait jamais violé personne.

24.

— Est-ce que mon mari s'est assis dans ce fauteuil ?

— Non, madame.

— Oui, bien sûr... Il a un faible pour les salles de bains.

Ayant examiné d'un air indigné le fauteuil Dracula comme s'il avait pu recéler un quelconque avantage pour un amateur d'enlacements acrobatiques, la présidente s'y posa de trois quarts, hautaine, outrageusement distinguée. Sa main gauche gantée tenait serré l'autre gant, la main droite sous le menton. Elle était en noir, pantalon étroit, gilet de far west, bottes d'équitation. Jill en noir aussi, plus éteint. Lady C. portait le deuil d'une illusion bafouée ; Jill, celui du démon sépulcral qui la poussait à escalader la nuit le portail des cimetières, à coucher à peu près nue sur les dalles, une croix satanique entre les cuisses, les tympans gavés d'harmonies célestes. Le tombeau qu'elle préférait, dilection qu'elles étaient nombreuses à partager, était, au Père-Lachaise, celui du journaliste Victor Noir (1848-1870), fort bel homme en son temps, courageux duelliste, dont la stèle, un moulage en cuivre jaune au format précis du cher disparu, servait

de réjouis-moi aux succubes qui venaient régulièrement le fleurir et l'adorer. Le mariage ne tentait pas
Jill, à moins qu'il ne fût l'occasion d'épouser un Victor
Noir aussi beau que l'homme de cuivre jaune, si possible son revenant. Alors elle deviendrait Jill Noir. Elle
recherchait les prétendants sur internet. Aucun ne
valait son duelliste assassiné. Donc, pas de mariage en
vue.

— Asseyez-vous, dit la présidente.

Jill prit place sur le siège d'acteur où le chef de
l'État finissait toujours par la jucher, nue sous une
minijupe, à un moment ou à un autre de la soirée.
Elle pouvait désormais faire une croix sur les beaux
soirs du président et sur l'avancement professionnel,
social, que ses assiduités lui procuraient. On la soupçonnait d'être l'auteur des photos publiées dans le
Star. Il y avait même cet espion boiteux pour insinuer
qu'elle était un agent du Mossad et qu'il se préparait
une action d'envergure aux dépens du gouvernement
français.

— Je désirais voir la femme avec qui mon mari,
comment dire autrement : grimpe aux rideaux... ?
Vous êtes une belle jeune femme ; quel âge avez-vous ?

— Vingt ans.

Lady C., qui venait d'en avoir quarante, à son
grand dam, ouvrit des yeux ronds comme si les vingt
ans de Jill mettaient un comble à la vulgarité d'une
liaison avec un homme marié de bientôt soixante
berges.

— Vous faites beaucoup plus, mais quand même....

Elle était venue pour voir Jill et botter le cul à cette
petite salope afin qu'elle ne puisse plus s'asseoir ni

baiser avant longtemps. Maintenant, c'était lui griffer la gueule qui la tentait. Cinq sillons bien saignants qui mettraient des mois à cicatriser. Elle sentait la rage monter en elle. Elle regarda sa main gantée, puis sa main nue, aux ongles effilés, ces griffes dont les femmes en colère et les chats font une arme dévastatrice. Elle allait se lever, s'approcher de Jill... Mais pas tout de suite. D'abord la mettre en confiance, d'abord sympathiser.

— C'est lui, ce cadeau ?

Elle montrait au sol une corbeille de fruits sous cellophane.

— C'est un ami.

— Qui s'appelle ?

— Victor Noir.

— Il fait quoi ?

— Journaliste.

— Une merde, autrement dit... Vous le renseignez sur le président, vous lui refilez des photos, il vous envoie des cadeaux. Et je parie qu'il vous saute ?

Jill baissa les yeux, rougissante.

L'espion boiteux était venu la voir, la nuit précédente. Il avait apporté ces fruits déguisés de la part du Premier ministre Poutine, en guise de remerciement pour les photos publiées dans le *Star*, qui l'avaient grandement diverti. Il prenait un accent russe de cinéma pour lui dire qu'en sa qualité d'agent double il travaillait aussi pour le président français, et que ce dernier, lui, n'était pas content, mais alors pas du tout. Il était chargé de la punir, mais comme il ne voyait pas très bien quelle était sa faute, il se proposait tout bonnement de finir la nuit dans son lit après avoir grignoté trois fois rien, quelques toasts au caviar avec un doigt d'eau-de-vie, vodka frappée de préférence, la Stolichnaya du président. Il s'était attablé dans la cuisine et quand il se fut bien régalé de Beluga, la dernière boîte, qu'elle gardait pour sa mère, il était allé se laver les dents avec sa brosse à elle, puis s'était pelotonné sous la couette, on aurait dit qu'il faisait ça tous les soirs, dormir et ronfler chez elle. Est-ce qu'elle avait le choix ?...

On aurait dit qu'ils avaient déjà couché ensemble, quand ils couchèrent ensemble. On aurait dit que le corps de n'importe quelle fille aurait pu coucher avec lui, comme si tous les corps se valaient et se connaissaient d'avance, ne demandaient qu'à se consoler par l'amour d'un soir. Le plus étonnant est qu'il pleurait dans son sommeil, et parfois aussi riait comme un enfant. À sept heures, il avait souhaité son petit déjeuner au lit, puis il avait fichu le camp.

Qui avait bien pu les filmer leurs pieds sous la table, l'autre soir ? On n'avait pas abordé la question.

Le pire, c'est qu'à un moment précis elle avait failli lui dire qu'elle l'aimait, et peut-être bien qu'elle l'aimait, ce flic, cet espion boiteux.

— Goûtons l'un de ces fruits, voulez-vous ?

Pour Lady C., la plus rouée, Jill mentait. Un copain nommé Victor Noir, un journaliste raffiné... c'était cousu d'un si gros fil blanc qu'il aurait pu servir à l'étrangler, cette petite pute.

Les fruits déguisés faisaient partie du décor, au Château. Le président, si mince qu'il s'efforçât d'être, à l'âge qu'il avait, en mangeait des quantités après le sport ; il aimait spécialement les poires, ces poires jaune-vert au parfum minéral d'eau de toilette.

Tandis que Jill, accroupie, se débattait avec la cellophane de la corbeille, un bristol s'échappa sur le plancher.

— Passez-moi ça, dit la visiteuse.

Jill ramassa le bristol et lady C. reconnut l'écriture oblique de son mari, barrant bleu sur noir les riches caractères gravés de la Présidence de la République ; il semblait avoir imité sa propre écriture, le pleutre, essayant misérablement de masquer son aveu, lui dont la devise était : Jamais de lettres à une femme.

« Un enfant, merveilleux ! »

Lady C. blêmit, les yeux rivés à ces trois mots, et dans son sang la rage se doubla de haine. On épouse un mari vieillissant parce qu'il est chef d'État, on lui sacrifie des amours plus romantiques et plus vertes, on est chacun l'enfant de l'autre, et la première gamine un peu haletante lui arrache une promesse écrite et signée d'enfant !

Elle plia le bristol en quatre et le glissa dans une poche de son gilet.

— Passez-moi l'une de ces poires, je vous prie... Merci... Mangez-en une aussi... Pas de fraise, non, des poires : nous sommes deux poires, vous et moi... Quoi que vous en pensiez, je connais mon mari comme si je l'avais fait. N'ayez guère d'illusions pour l'enfant, et si vous êtes enceinte, ne vous en vantez pas trop vite, ne vous en vantez surtout pas : vous risqueriez de tout perdre accidentellement... Une aiguille à tricoter, comme au bon vieux temps, c'est sans danger...

Elle soupira, montrant ses mains.

— Un rince-doigts, s'il vous plaît, et une serviette... Ces fruits sont d'un collant !

Secouant les mains, Lady C. fit tomber le reste de poire à ses pieds...

— Et apportez-moi du café bien chaud, allongé, de préférence.

Elle allait flanquer sa tasse à la figure de cette pute et lui déchirer la gueule.

Jill reparut avec un rouleau d'essuie-tout et un gros bol Disneyland vaguement passé au micro-ondes.

— J'espère qu'il n'a pas bu dedans, au moins.

— Ça sort du lave-vaisselle.

— C'est vous qui le dites... Je prends du lait.

— Il a tout bu, fit Jill qui perdait patience.

— Il ne boit pas une goutte de lait.

— Avec vous, peut-être pas. Avec moi, si.

Et voilà que, venu le temps d'assouvir ses humeurs vengeresses, de lâcher enfin la bride à sa fureur mal contenue, Lady C. fut clouée sur le fauteuil Dracula par une sensation d'incrédulité qui ne laissait place à aucun autre état de conscience, sensation si drastique et soudaine qu'elle en eut les tempes glacées et la voix sèche de toute parole tant soit peu réfléchie.

Le souffle coupé, elle étreignit les flancs du bol et ferma les yeux, comme si fermer les yeux pouvait l'arracher à ce mauvais pas. C'était horrible, catastrophique, son cœur battait violemment, elle aurait voulu d'un claquement de doigts se retrouver chez elle.

230

Elle finit par lâcher humblement, les yeux toujours clos :

— Est-ce que vous avez des cabinets, dites ?

La démarche saccadée, elle s'éloigna.

Elle venait d'entrer dans la salle de bains lorsque des coups ébranlèrent la porte.

— S'il vous plaît, supplia Jill, s'il vous plaît, madame, dépêchez-vous...

25.

Les cinquante-neuf minutes que dura le voyage en train jusqu'à Metz, Onyx essaya de se concentrer sur les pense-bêtes informatiques mailés par Frank à destination de son ordi. C'était la somme de toutes les questions faussement bateau que Martinat s'amusait à poser quand il avait besoin d'un vétérinaire, ne se fiant, disait-il, qu'aux ailes de son grand nez périgourdin, et pas aux parchemins avariés des cadors. Elles palpitaient : le candidat faisait l'affaire. Elles restaient froides : l'autre pouvait tourner les talons...

État vivant, pantelant, *rigor mortis*, anatomie, équarrissage, viande pisseuse, acidité, compassion envers l'animal mis à mort... Abattage rituel, juif ou musulman, claudication des porcs gardés sur un sol de béton, insémination des dindons trop dodus pour s'accoupler, cautérisation du bec des poulets débecquetés au chalugaz ou au sécateur suite à leurs attaques répétées... Onyx avait la tête farcie de toutes ces pratiques et notions plus ou moins assimilées en mai 2010, lorsque, petite souillon à bonnet d'hygiène, elle aiguillonnait au derrière les feignants dans la queue leu leu d'abattage, un mort toutes les

quatre minutes, pas un de moins. Elle s'était entraînée à faire les piqûres, geste moins déplaisant qu'elle
aurait cru.

Elle occupait un fauteuil solo, dans le sens de la
marche, au bout du wagon, côté toilettes. Elle n'avait
pas de vis-à-vis, bien que plusieurs eussent voulu
s'asseoir, mais le contrôleur les avait chassés. Elle
ouvrait son ordinateur, le refermait, l'emportait aux
toilettes où elle regardait cette blonde à chier dans la
glace et lui parlait mal : « T'es à chier, à chier ! T'es
qu'une blonde à chier... »

Mail : « Pour maman, ne faites rien sans mon
accord ».

Elle retourna dans les toilettes insulter la blonde.
Elle déroula ses cheveux, ne parvint pas à refaire
le chignon, laissa tels quels ses cheveux déroulés,
des cheveux tout blonds, tout jaunes, brillants – à
chier. Elle avait troqué sa chevelure contre le cancer
de sa mère, sa blondasse de mère qui l'avait enfin
rattrapée.

Elle s'assit sur le couvercle d'inox et remit l'ordi
sous tension. C'était un ordi bidouillé par les flics et
les mots qu'elle écrivait ne laissaient aucune trace à
l'écran. *No courrier*. Elle saisit d'invisibles injures :
blonde ! blonde ! blonde ! Il s'était engagé à mailer
chaque fois que sa mère parlerait d'elle, à ne rien lui
cacher. Il la prenait pour une moins que rien, le lai-
deron de service, il se servait d'elle, et elle de lui.

On est bien, dans les chiottes, on est toujours bien
dans les chiottes, on a les pensées qu'il faut. On est
d'une puérilité ! On est à l'abri du besoin.

Elle imagina sa mère à l'hôpital ; à sa place, elle aurait aussi voulu garder son sein. *Impossible, maman, trop risqué.* Elle en avait les yeux embués. À sa place elle aurait aussi voulu garder intact son sein. Ce n'est pas un caprice, de vouloir garder intact son sein, de le refuser au cancer – ou plutôt ses seins. On peut toucher l'un sans nuire à l'autre, détruire un lien d'intimités jumelles. À sa place, elle aurait dit : non, laissez-moi comme je suis ; elle aurait marchandé sa poitrine comme elle avait marchandé sa chevelure, avec Rémus. Elle aurait dit au professeur, en douce : On va s'aimer, professeur, je vous aime déjà, on va remplacer la mort par l'amour, d'accord ? Ma poitrine est à vous, aimez-la, s'il vous plaît, serrez-la dans vos mains, tranchez-la si vous êtes assez courageux pour le faire après l'avoir aimée, débarrassez-vous d'elle et de moi si vous n'êtes pas assez bon amoureux pour lui sauver la vie, à mon sein, et si le cancer est un mac trop exigeant pour vous. Elle aurait marchandé tout ce qu'elle aurait pu. Elle n'aurait jamais dit : Allez-y, c'est beaucoup mieux, taillez dans le vif, faites à votre idée, professeur, si c'est votre idée c'est la mienne, et qu'est-ce que le sein d'une jeune fille en comparaison de toutes les vertes années qu'elle aspire à vivre ? On devait mailer, aujourd'hui, quand sa mère aurait pris sa décision. Sa mère qui lui avait dit : Décide pour moi. Le professeur a raison, maman, mieux vaut tout enlever, on sera plus tranquilles. Et, dans le regard de sa mère, était passée l'idée que toute femme est tentée de faire sienne quand on veut lui prendre son sein : Et si vous l'aimiez, si on essayait cette chance-là ?....

235

Puis elle s'était effondrée : C'est d'accord, opérez-moi, j'avais besoin du conseil de ma fille. Le soir même, elle était revenue sur le conseil d'Onyx, elle pleurait, répétant qu'elle garderait son sein, dût-elle en crever. Elle disait qu'une femme de quarante-deux ans ne se laisse pas mutiler par des salauds. Bien la peine que la médecine fasse autant de foin, avec ses progrès. On nous en rebat les oreilles, de ses progrès, de cette espérance de vie qui ne cesse d'allonger la sauce. Et le cancer, alors, les seins des femmes, aujourd'hui merveilles, demain au panier ?

Onyx finit par s'endormir sur le couvercle, et de sa bouche un fil de claire salive se mit à pendre jusqu'à l'ordi où il se refléta sur le vernis noir. Aux chiottes il fait bon s'endormir, vaquer à ses rêveries, nul mauvais plaisant pour chouraver votre ordi, vous peloter.

— Tu as fait quelque chose à tes cheveux, mais je ne sais quoi.

— C'est sans importance, maman.

— Tu les as coupés ?

— Avec les progrès de la médecine, aujourd'hui, on ne vous coupe plus les cheveux, on vous les teint.

— Ils étaient rouge sang, n'est-ce pas ?

— Ils étaient rouge-gorge.

— Rouge écrevisse, comme les crabes au court-bouillon. Tu aimes les crabes ?

— Je suis végétarienne, maman.

— Tu aimes les tomates ?

— Les tortues, les cœur-de-bœuf, les sucrines.

— On n'a jamais peur des tomates, elles ne vous pincent jamais bien fort.

236

— Maman, tu as décidé ?

— Et toi, Onyx ? De quoi as-tu peur ? Ta balade s'est bien passée ?

Pour dire la vérité, ce qui n'est jamais une mauvaise chose, fût-ce dans un livre, tant qu'on n'en abuse pas, Onyx somnolait plus qu'elle ne dormait, c'est du moins l'impression qu'elle avait. Moi, dormir ? Vous plaisantez ! Je somnole. Mes paupières sont transparentes. Je distingue le bouton-pression noir de la chasse d'eau. J'avance la main. Je presse le bouton. J'entends siffler le train, je n'ai plus les pieds sur terre.

Pour elle, les hommes étaient comme les chats : on les caresse, on les nourrit, on les laisse promener, c'est bien assez pour les garder. Elle n'avait rien contre un baiser occasionnel, un câlin occasionnel, un orgasme occasionnel, et, si l'homme avait un beau regard, elle s'agenouillait. L'instinct du prédateur, s'il était beau, l'excitait. À ce stade, elle percevait dans le désir de l'espèce autre chose qu'un éclair de magnésium, l'énergie d'une solitude effrénée. On peut roupiller sur le couvercle des chiottes d'un train à grande vitesse et rêver de tomber à genoux par amour.

De quoi elle a peur ? De tout. De l'argent. Du temps qui passe. De l'appétit des prédateurs. Elle appartient à ceux qui désirent la violer. Elle ne peut s'empêcher de les fixer dans les yeux. Elle se débattra, mais ils la violeront. Elle criera, mais ils n'auront qu'à la baffer pour qu'elle ravale ses cris. Elle a une peur panique des prédateurs. Il faudrait baisser les yeux sur leur passage, mais elle ouvre des yeux ronds dans leur ténébreux miroir, et leur imaginaire allume aussitôt ses feux. Une lave de sang lui vient aux extrémités. Ils la regardent, et c'est comme s'ils entendaient le bruit de ses os qui se brisent. Ils n'ont qu'à poser leur souffle sur elle, et sa peau se couvre de bleus.

Rémus lui a pris son couteau, sa chevelure, ses fringues ; Rémus l'a mise aussi nue qu'il voulait pour la livrer, tentation vivante, aux prédateurs de Paneurox.

— Aucun bagage superflu.

— Le docteur Melchior m'a donné ce couteau.

— Ce connard n'est pas plus docteur que mes fesses, oublie ton passé.

— Je veux mon couteau !

— Ton passé n'est même pas un bagage superflu, c'est une fausse identité, cesse de t'y accrocher.

— Si l'on touche à un cheveu de ma tête, je vous défère au tribunal de la Haye, je sais comment on procède, j'ai des relations.

— Ce n'est pas tes poils de tête qui leur donneront chaud. Ton père ne t'a jamais violée.

— Je vous enverrai en taule, salopard.

— Tu as inventé ce viol, tu n'es qu'une menteuse.

— Fermez-la, ferme ta sale gueule de sale flic !

— Il ne faisait pas attention à toi, c'est tout. Son regard te passait au travers des os. On aurait pu te violer sous ses yeux, il n'aurait rien vu. Il se foutait de toi comme de sa première capote.

— Un jour, je vous tuerai !

— Quand il te manque trop, tu ouvres des yeux ronds et tu te fais violer, tabasser un bon coup, ça remet ton père en scène et tu sors ton canif de combat.

— Je vais vous tuer, vous tuer, vous tuer !

— Je te rends ton canif uniquement si tu vas tuer ton père.

— Je vous tuerai d'abord.

— Je me demande si tu l'as jamais connu, ton père, si tu ne l'as pas inventé.

L'homme qui la guettait sous un parapluie, quand elle sortit du wagon, n'avait rien d'un chauffeur. Il dit qu'il s'appelait Stan, bienvenue à Metz, et la laissa tirer sa valise à roulettes vers la gare. Il était court sur pattes, grassouillet, chauve. Il portait un costume étriqué sans couleur, avec un nœud papillon. Onyx pensa qu'il ne l'avait regardée qu'une fois, à l'instant où elle se tournait vers le marchepied pour attraper sa valise. Il s'était fait son idée sur elle en un seul regard. Sur sa face poupine elle lut : voyeur, alcoolique, sournois, misogyne, masochiste, célibataire, dangereux, ancien enfant de chœur. Elle pensa : bon milieu familial, mec ne tolérant ni assassinat ni écrasement du faible sans compensation, le péché lui fait horreur. Elle pensa : un pur salaud. Et aussi : il va m'arriver quelque chose, on ne s'improvise pas chirurgien-dentiste ou sage-femme, on ne s'improvise pas anesthésiste, on ne s'improvise pas violoniste, encore moins vétérinaire. Elle pensa : ils m'ont tout appris, ces connards de flics, sauf à marcher avec des bottes à talons étroits sur le pavé glissant.

Derrière elle, sa valise à roulettes portait plainte à sa manière, tressautant et chavirant. Puis Stan tendit la main, faisant cligner les feux d'appel d'un 4 × 4 blanc maculé de boue.

Ils roulèrent dans la nuit tombante au son berceur des essuie-glaces. Ils passèrent Borny, Gravelotte, Saint-Privat, quittèrent l'autoroute pour la nationale, et ce fut l'écran vertigineux des sapins longeant le pays de Rosselle par monts et par vaux.

Le 4 × 4 fit une molle embardée et, quittant la route, s'engagea, phares allumés, dans un chemin qui descendait parmi les ombres des sapins debout sur les talus ravinés. Le véhicule avançait au ralenti, se dandinant au gré des ornières. Onyx se rappelait ces pins, cette désolation murmurante, abyssale, elle scrutait les ténèbres au bout du pinceau des phares. Elle s'attendait à voir des yeux, des centaines d'yeux éblouis, comme ils éclairaient parfois ses rêves au souvenir des bêtes sacrifiées qui mouraient en tirant la langue à leurs frères humains.

— Vous faisiez quoi, avant ?

— Rien... Enfin rien, je finissais mes études. Je viens d'obtenir mon diplôme.

— Vous aimez ça, la viande ? la barbaque ?

— Je suis plutôt mince, je sais, mais j'ai un bon coup de fourchette. Comme on dit, je ne donne pas ma part aux chiens.

— Quelles sont vos bêtes préférées ?

— Par ordre décroissant, je dirais : le cheval, le bœuf, l'agneau, le veau, la volaille, le lapin, et si vous voulez tout savoir, je finirai par les poissons rouges. J'en ai mangé une fois. Une blague de ma copine Mariana.

— L'âne, c'est très bon. La côte d'âne aux écha-
lotes. C'est très bon, l'âne, vraiment.

Stan arrêta la voiture au milieu du chemin, posa
un coude sur le dossier, tourné vers Onyx, hochant
la tête, acquiesçant par avance à ses futurs propos.

— La sanquette, vous connaissez ?

— Le sang de canard cuit à la poêle ? J'aime bien.
Mon oncle est volailler à Chalans.

— Votre père est volailler ?

— Mon père travaille comme ingénieur chez Orange,
mais c'est un viandard, aussi.

— C'est bien vrai, dit Stan pensivement. Sans la
viande, on ne vivrait pas.

— On est de la viande, on aime la viande parce
qu'on est de la viande, dit Onyx, et elle grimaçait dans
l'obscurité.

— Aimer, c'est offrir sa viande à l'autre. Plus de
viande, plus de grand amour, n'est-ce pas ? Plus
d'art, plus de rêve, et Dieu sur la croix disparaît aussitôt !

Onyx s'en tira par un sourire. Elle continuait à
regarder la forêt au bout des phares. Elle aurait parié
que la portière était verrouillée. Elle faisait très fort,
pour un début. Elle entendit le rire de Stan, un rire
sec, un rire sans gras, en opposition totale avec ses
déclarations boulimiques. Un rire de pauvre type.

— Sans Dieu, sans viande, quel ennui !... Voyez-
vous, mon fils...

— Vous avez un enfant ?

— Oh, bien sûr, j'ai un fils ! dit Stan dans un cri
sourd. Et maintenant je l'ai dans la viande, mon fils,
dans ma viande à moi.

Ce type qu'elle devait ne jamais revoir lui fit alors cette confidence qu'il faisait aux commerçants, aux voisins de restaurant, à n'importe qui, avec les mêmes mots :

— Vous avez connu mon fils ? Non, vous n'avez pas connu mon fils. Il est mort l'an dernier. J'ai perdu mon petit garçon dans un accident de voiture.

— Quel âge avait-il ?

— J'essaie de me consoler. J'ai grossi, j'mange pour deux, mais lui mangeait pour dix. Les triglycérides et toutes ces conneries... Lorsqu'on a perdu son fils et qu'on l'a vu mort dans la bagnole, heureusement qu'on peut bouffer. Je donne à manger à mon petit garçon.

Le regard de Stan voyagea dans la pénombre, allant du pare-brise aux genoux d'Onyx, puis il remonta lentement vers son visage, lui donnant la sensation d'une main immatérielle se coulant le long de ses cuisses, de son ventre, de ses seins, de ses joues. Et maintenant, ce regard quémandait un regard de sa part. Quel intérêt de reluquer la chair d'une fille si d'un regard elle ne valide pas ce menu pillage ?

— Et votre femme ?

— Quelle femme ? De qui parlez-vous ?

— La mère de votre fils.

— Oh, ma femme n'a rien à voir là-dedans, elle ne pense qu'à ses petits... Refaite et refaite encore... On me la servirait aux petits oignons que je n'y toucherais pas. Je veux bien qu'on ait du chagrin, mais il y a des limites.

L'aurait-elle un peu mieux connu qu'elle se fût enquise du sens de cette phrase... Dans le doute, elle en conclut que sa femme souffrait encore plus que lui.

Stan remit le moteur en marche.

— On n'a pas parlé des abats, des tripes, des pieds et paquets, soupira-t-il. Mon fils aurait fait des bassesses pour du boudin – du boudin noir, attention. Vous aimez le noir ?

— Pas mal, en effet.

— Eh, je parle pas des nègres, attention !

— Il s'appelait comment ?

— Moi, je l'appelais Chef. Il s'appelait Chef. Un grand puissant chef depuis sa petite enfance, sa première coiffe d'Indien.

La voiture s'enfonçait dans la forêt. Elle était assise à côté d'un homme qui pleurait son fils. Elle-même était là pour retrouver le fils de quelqu'un.

Stan reprit d'un ton indifférent :

— Une fille comme vous, si jeune, qu'est-ce qui l'amène ici, dans un abattoir ? Quelles motivations ?

— L'argent.

— Pourquoi Paneurox ?

— L'argent toujours, le nerf de la guerre. Ça m'a paru bien payé, d'après l'annonce.

— Vous voulez gagner combien ?

— Le Brésil et l'Allemagne offraient deux cent mille par an. C'est ce que je veux. Et, bien sûr, les à-côtés, les primes, le treizième mois.

— Prétentions exorbitantes, pour un premier job !...

Onyx qui n'avait jamais empoché que des queues de cerises :

— J'irai voir ailleurs, si ça ne me convient pas, dit-elle froidement. Voilà tout : vous n'êtes pas le seul abattoir sur la place.

— Ni vous la seule vétérinaire, jolie demoiselle... C'est drôle, je vous imagine très bien tourner de l'œil quand on vous fera boire un grand bol de sang fumant au sortir de la veine jugulaire, le test avant de choisir un véto.

La puissante enseigne lumineuse PANEUROX FRANCE apparut au loin. Une enseigne aussi neutre, aussi nue que possible, débarrassée des effigies bovines et porcines qui la surmontaient avant le scandale, des oriflammes à tête de vache et de la cloche dont le battant de fonte imitait des testicules de taureau. En baissant la vitre, on aurait entendu le souffle intermittent des bestiaux qui pleuraient jour et nuit derrière l'Unité 1, tués jour et nuit, sortis jour et nuit des boxes de stabulation d'apaisement, invités jour et nuit à prendre place sur le tapis roulant qui les acheminait vers leur destin, créatures animales sans imagination ni transcendance, exclus de tout espoir de résurrection malgré Noé, ne vivant que pour être mâchés, déglutis, assimilés au corps humain dans sa gloire.

Onyx fut prise d'un long bâillement. Une barrière blanche à spots photogènes les arrêta, il lui fallut chercher son badge, un garde en treillis la pria de sortir pour la fouille et de poser ses mains à plat sur le toit du véhicule, plus penchée que ça, pieds écartés. Ah, se dit Onyx, la bonne odeur des sapins, la nuit, et toujours ce truc en plus, à la fin, qui vous arrache les viscères, cette émanation. Elle était dans une position rêvée pour dégueuler incognito.

L'entretien avec Martinat fut reporté au lendemain soir. Elle avait mis sa tenue 2bis de pute, intégralement conçue par Frank : culotte crème en soie, mini-jupe asymétrique gris perle, autofixants demi-deuil, talons plats, haut déboutonnable à souhait, soutien-gorge au choix, celui qu'elle portait n'était qu'un mignon décor s'ouvrant par devant, parfum gel douche à la violette, et chignon, grands dieux, chignon obligatoire, les oreilles nues, les oreilles en offrande – tu planques tes putains d'oreilles, je t'étripe !

Elle tremblait en arrivant au bureau de Martin Martinat. Il ne mettrait pas cinq minutes à la démasquer. Elle aurait beau répondre honnêtement à toutes ses questions, avoir tout bon, il saurait qu'elle avait baratiné, il la traiterait d'infiltrée. Ne pas le regarder en plein dans les yeux, chercher dans sa prunelle un terrain neutre et n'en plus bouger. Au pire, elle était pigiste à la chaîne câblée Euro5, envoyée fouiner dans les coulisses des abattoirs.

Elle entra dans une grande pièce blanche et vit Martinat trônant derrière une table noire en bois massif où on aurait pu manger à treize. Il portait sur un tee-shirt rose un pull camionneur à maille fine dont le col évasé lui remontait sous les joues. Il semblait médusé par la vision qui évoluait à sa rencontre. Et ce boss sûr de lui bégaya d'une voix chétive de mauviette, priant Onyx de s'asseoir. Elle s'assit, croisa les jambes et les décroisa, les recroisa, intimidée. Baies vitrées derrière Martinat, gazouillis sourds, feuillage d'automne, ciel de plomb.

Il la regardait et, bien sûr, elle plongeait droit dans son regard, elle sentait les muscles de ses paupières lui faire les yeux grands, beaucoup trop grands, ses yeux manga.

— Diane, c'est bien vrai que vous aimez toutes les viandes ?

— À peu près toutes, oui.

— À peu près toutes, oui, répéta-t-il après elle en joignant les mains sur la table. Il va falloir élargir la gamme, Diane, qu'est-ce que vous en pensez ?

— Je viens chez vous pour m'occuper des bêtes.

— Exactement, il faut s'occuper des bêtes.

Des doigts en chair à saucisse, des inflexions traînantes de vieux dégoûtant.

— Nous allons procéder à l'examen oral, Diane, si vous n'y voyez pas d'inconvénient.

Elle répondit que non.

— Je n'ai en fait qu'une seule question à vous poser... Puis-je vous la poser ?

Elle répondit oui.

— Quel âge est-ce que vous pensez que j'ai ?

Elle ne s'attendait pas à cette question-là.

— Vous faites jeune... Je dirais entre cinquante-six et soixante-cinq. Disons soixante-quatre ans.

Et elle sourit.

— Au moins, c'est sincère.

— Je suis trop entière pour mentir... Vous faites jeune, vous ne faites pas du tout votre âge.

— C'est quoi, mon âge ?

— Au juste, je n'en sais rien.

246

— Quarante-huit.

Elle entendit le silence tomber autour d'eux. Elle avait proféré une connerie.

— Viens ici, dit Martin.

Elle se leva. Il y avait une tête de bœuf en jade sur la table, et d'une boîte à crayons dépassait un couteau à manche de corne. Elle fit le tour de la table et respira l'odeur méphitique de Martinat. Il la saisit par la taille, son bras lui pendant sur les fesses. Il fit pivoter son fauteuil et l'assit sur sa cuisse. Il prit fermement son poignet.

— Tu sens ?

Il posa la main d'Onyx sur sa braguette en cuir noir. Elle ne sentait pas grand-chose. Il la regardait et son regard lui mangeait les prunelles.

— J'ai quarante-huit ans, pas soixante. Dis-le.

— Vous avez...

— Dis-moi *tu,* putain ! Je parais jeune.

— Tu as quarante ans, tu parais jeune.

— C'est vrai, je parais jeune ? Combien ?

— Trente ans, quarante.

— Tu dis n'importe quoi.

Il avait les cheveux d'un gris poussiéreux, des joues flasques et les narines rasées à l'épilatrice électrique. Il bandouillait au Viagra dans son cuir noir, vautré sur le fauteuil. Elle apercevait des bottes de rocker.

Il passa la main dans son chemisier, sortit nerveusement un sein comme un gosse ouvrant à la diable ses paquets de Noël et trouvant un jouet plus gros qu'il ne l'espérait.

« Bordel, fit-il dans un souffle, oh bordel de cul ! »
Et il lui pinça le bout du sein. « Je crois bien que ça
le fait, entre ton nibard et moi. »

De l'autre main il lui serrait le menton et l'obligeait
à croiser son regard. Elle crevait de chaud. Elle fixait
les points noirs autour de son nez, le sédiment jau-
nâtre au coin de ses yeux, respirait le souffle aigre de
sa bouche bleutée, reluquait le couteau dans la boîte
à crayons.

— Oh, et puis arrête de jouer la conne, on y va !

Et, la serrant à la nuque à travers ses cheveux, il la
fit mettre à genoux, face écrasée contre sa braguette,
tenaillant la nuque et secouant :

— Tu veux bien la sortir, oui ? T'as jamais fait ça,
peut-être ?

26.

Voilà ce que je peux dire, après huit jours de vie à Paneurox.

Il y a trois unités d'abattage en service : bovine, porcine, volaillère. Martinat se conforme aux décisions de justice, il a fermé deux unités. Mais il en a ouvert trois autres.

L'« Unité religieuse » est un lieu de prière à trois modules respectivement affectés aux cultes juif, musulman, chrétien. Martinat va régulièrement à la messe. Il prend la parole et dit que la faim dans le monde relève de l'assassinat. Il cotise à la Croix-Rouge. Il porte l'insigne ATTAC sur ses revers de vestes, à côté de celui de la CDI (Commission internationale de la boucherie). Il blague tout le temps. Des jeux de mots assez répugnants. Il dit que Paneurox est heureux d'offrir au public une viande pas plus chère que du riz ; la viande la moins chère, après la viande humaine. C'est une blague qu'il apprécie beaucoup. Il y en a une autre qu'il raconte au beau milieu de la chapelle : Vous savez pourquoi les hommes mangent du bœuf ? Parce qu'on leur interdit de manger de l'homme. Vous savez pourquoi ils boivent du vin rouge ?... Je vous laisse deviner la suite.

L'« Unité Plasma vert » est un laboratoire où l'on fait des recherches sur des sujets tels que l'alimentation des bovins. Comment nourrir au mieux une bête pour diminuer sensiblement la quantité de méthane qu'elle produit ? Ce sont trois milliards de tonnes que l'ensemble du cheptel mondial disperse chaque année dans l'atmosphère. Le double du réseau autoroutier français. Comment régler le cas de la vache polluante, aujourd'hui déclarée nuisible à la biosphère, comparée aux 4 × 4 à fort dégagement des années 2000 ? À Plasma vert on conçoit, à la demande des Suisses, des collagènes bio pour enrober tous les types de cochonnailles. À l'Unité verte on fabrique du papier d'emballage, des feuilles de conditionnement recyclables pour ce qu'ils appellent « la papeterie d'hygiène ». Il y aussi un groupe de travail en contact avec les observateurs de Greenpeace ou d'ATTAC qui les renseignent toute l'année sur l'état de la planète, l'avancement et les causes de sa destruction. À l'Unité verte on trouve une exposition permanente que les écoliers sont invités à parcourir : le sanctuaire baleinier. Une devise à l'entrée : « Vue du ciel, la planète est bleue. Vue du ciel, la planète est le territoire non de l'homme, mais des baleines ». La première chose qu'on voit au centre d'une salle obscure, c'est un pénis de baleine flottant dans un aquarium de formol. Légende : L'AVENIR DU MONDE. Ensuite, ce sont des galeries présentant des hécatombes de baleines perpétrées par les Japonais, les Norvégiens, les Islandais non respectueux du moratoire institué par le CDE à Santiago du Chili. Un panneau explique à la fin que Paneurox se flatte de n'abattre dans ses unités aucun animal fortifié à la graisse de baleine. Les derniers mots sont une citation de Martinat : « Folie du cycle alimentaire : on engraisse à la baleine le cochon d'élevage qui lui-même engraisse le cochon humain qui va tuer la baleine... C'est ce que j'appelle se tirer une balle dans la nageoire ! »

L'« Unité Soleil rouge » est adossée aux ouvrages de Maginot. Je l'appelle Soleil rouge à cause du symbole. Une fois par jour, un soleil informatique s'affiche dans la messagerie de Martinat. Il quitte alors son bureau. Impossible de le suivre. Il a une cahute en pleine forêt avec tout ce qu'il faut comme chiens galeux. Je pense qu'il s'agit d'une borne frontière entre les abattoirs éventuellement présentables et la centrale d'achat où l'on vient s'approvisionner en viande foraine, c'est-à-dire en produits théoriquement interdits à la vente. On entend parfois des bruits d'avion. Si Popeye est quelque part, c'est dans ce coin-là qu'il faut chercher. La partie nord, je m'arrangerai pour y aller. Au sud, ça m'étonnerait qu'il y soit : trop de passage, trop d'allées et venues entre les abattoirs et les patelins des environs, trop de personnel qui pourrait parler, reconnaître Popeye, il a sa photo affichée jusque sur la porte des toilettes de l'« Unité cafétéria ».

On se déplace à Paneurox avec des bicyclettes à assistance électrique, et des berlingots automatisés, à propulsion électrique eux aussi, pouvant loger quatre ou huit personnes. Il y a une exception : Roxanne, quatre-vingts ans, la mère de Martinat. Elle se déplace en chaise roulante ou en Rolls Royce. Je ne sais pas combien elle a de chaises roulantes, mais je peux dire qu'en une semaine j'en suis à trois Rolls et deux Bentley. Elle a toujours trois jeunes pédés à frétiller autour d'elle. Elle s'est enrichie à la mort de Jacques, son mari, co-inventeur du système de freinage du TGV ; aujourd'hui encore, chaque fois qu'un TGV éprouve le besoin de freiner, par ici la monnaie. Elle ne peut pas me sacquer. Elle pense que j'ai des vues sur son Magnus, comme si je pouvais avoir des vues sur ce goret qui tue des cochons.

J'ai pastillé le bureau de Martinat. Ils passent beaucoup de temps ensemble, sa mère et lui. Martinat cherche toujours le bon moyen pour emmerder l'État français. Il dit que c'est la seule solution pour obtenir que les juges lui foutent la paix, au procès qui s'ouvre le 17 décembre. Même entre eux et portes fermées, ils parlent en chuchotant, sans finir leurs phrases. Martinat ne peut se servir de certains éléments sans plonger à son tour. Je pense qu'il est protégé, peut-être par un député, mais que cette protection va sauter et que le juge enverra des enquêteurs sur place. Il commence à paniquer.

Bribes de conversations avec sa mère, sans queue ni tête pour moi :

— On ne la voit plus chez l'esthéticienne.

— Elle se fait faire le maillot ailleurs.

— Peut-être à l'étranger, en voyage ?

— Ça devrait repousser, merde ! Essaie d'en savoir plus long. Trouve son nom de famille.

Reçu également ce mail auquel je n'ai rien compris : Rappeler AM pour *Q 769*.

C'est tout pour l'instant.

Ah oui, un type qui s'appelle Stan est venu me chercher à la gare de Metz, le premier soir. Depuis, je ne l'ai plus revu. Je peux me renseigner, si vous insistez. Je sais juste qu'il a perdu son fils dans un accident de la route. Je pense que vous avez compris que votre plan naze a fonctionné, et que c'est moi que ce fumier de Martinat a choisie comme véto.

La période d'essai est d'un mois, mais je craquerai avant. En fait, Paneurox n'a aucun besoin de vétérinaire, mais la loi veut qu'il y en ait trois. C'est pour ça qu'on m'a prise. Je travaille à l'administratif, ce qui m'arrange bien. Je suis au même étage que Martinat. La seule bête à qui j'aie eu affaire jusqu'ici, c'est lui. Vous aviez raison : je suis logée à l'« Unité d'hébergement 1 », et cette fois j'ai une piaule individuelle avec le confort.

Donnez-moi des nouvelles de ma mère.

À peine eut-elle envoyé ce mail aveugle à Rémus qu'Onyx suivit Onyx-bis dans une voie jamais explorée. Qu'avait-on besoin d'elle sur la terre ? C'était ridicule. Les fleurs, l'océan, les nuages, la neige, le vent, on avait besoin d'eux, mais elle ?... Sa propre mère s'en contrefichait ; elle n'avait pas choisi la maternité, elle ne la choisissait pas davantage aujourd'hui. Onyx, elle, avait du mal à choisir la vie. Elle se sentit néanmoins plus légère, subitement soulagée. Elle ne servait à rien sous les étoiles, et vivre ne lui apparaissait plus comme une obligation. Pour la première fois de son existence, elle se détendit et s'intéressa au visage de Popeye en fond d'écran : une exigence de Rémus. Il était beau, avec de grands yeux marron comme elle, sauf que les siens étaient bleus, des yeux manga. Le regard qu'il faut pour embrasser l'univers et se poser les questions vitales avant d'enfiler ses chaussettes, le matin. Vraiment le genre de petit garçon qu'elle aurait aimé faire avec un amoureux. À trois, on voit certainement l'existence autrement, on a des appuis, ça devient difficile de chavirer, de se demander ce qu'on fabrique sous les étoiles. Seule, on se laisse vite aller. Eh oui, dit-elle en regardant Popeye, je m'en vais, qu'est-ce que tu veux. Quand j'étais ado, j'ai commencé à fouiner chez les autres, braves gens ou filous. Je sais combien ils gagnent, où ils vont en vacances et à quel prix, s'ils sont homos, fidèles, cinglés. Je connais leurs habitudes, leurs fantasmes, je suis un bon petit pirate, tu sais. J'ai fouillé dans les moindres recoins l'ordi de Martinat, le Mac de sa maquerelle de mère, ceux des comptables de la boîte. J'ai appris des choses assez crades concernant leurs méthodes, mais te concernant, toi : rien, néant ! Tu n'existes pas. J'ai pastillé les bureaux, suivi les conversations, tu n'apparais jamais. Rien, aucune allusion. Si c'était Martinat, ton ravisseur, et qu'il voulait t'échanger contre un non-lieu dans les coulisses du procès Paneurox, s'ils voulaient suborner les témoins, ils en parleraient, sa mère et lui. On ne croit pas beaucoup à la réalité de l'« Unité Soleil rouge ». Ça ne dispense pas Martinat de parler à sa mère, qui est son âme damnée. « On fait quoi, Maman ? » Une phrase qu'il dit à longueur de journée. « Je fais quoi ? » Et moi, Popeye ? J'ai fait tout ce que j'ai pu.

Martinat m'a invitée samedi soir à manger une fondue bourguignonne en tête à tête avec lui, dans sa
cuisine. Une fondue bourguignonne, moi !

27.

Rémus lut le rapport d'Onyx et l'effaça. Aucun intérêt. Rien qu'il ne sût déjà. Martinat poursuivait ses trafics. Il avait coupé son territoire en deux. Au sud, l'abattoir d'exposition témoin ; au nord, les pratiques hors-la-loi. Au sud, la meilleure des viandes ; au nord, la tombola des carcasses, la récupération des chairs sans origine connue, la lie des cheptels de nulle part. Au nord, ce que notre envoyée spéciale à Paneurox appelait Soleil rouge, l'abbatoir clandestin. On tue les bêtes, on les débite aux normes françaises, on les baratte à tout va. L'opération consiste à les irradier pour éliminer virus, toxines, nodules, comme on fait pour le traitement d'un cancer, puis à les rougir au plasma sanguin de taurillon bien né. La barbaque est vendue, labellisée « normes françaises ».

Sans nouvelles de Popeye, il se désintéressait du procès Paneurox. Il revoyait le même souvenir, indéfiniment, le fatras d'ordures qui servait de tombe à la femme qu'il avait aimée en Afghanistan, veillé par ce gosse frigorifié dans sa cape noire de vinyle. Il revoyait Popeye nouveau-né, dormant sur sa mère, un bout de sein contre sa bouche bée. Il avait trop vécu pour ne pas savoir que la mort faisait de Myriana l'amour unique de sa vie, inséparable d'une odeur de moquette orange pourrie, souillée par les déjections et les clopes de tous les aventuriers du coin. On n'abstrait pas un tel amour de l'histoire qui lui donne forme et suite, uniquement là-bas où le rêve s'alimente à la peur, on ne le ramène pas à la maison comme un vrai deuil : c'est un rêve, une légende, le souffle d'une voix qui ment. Il aimait les ombres d'une Myriana qu'il avait étreinte avec la peur de mourir. Il n'aimait personne, au fond, si l'on entend par amour la fusion des sentiments et des sens. Il n'était pas un célibataire, mais un homme seul qui dormait aujourd'hui son oreiller sur le ventre. Il pouvait se lever, travailler, se fricasser des œufs, écouter la radio à plein volume, parler seul : l'oreiller ne posait aucune question. Il pouvait pleurer sur ses souvenirs qui n'intéressaient personne.

28.

Un soir, le président convoqua Rémus au Château pour un entretien dont la durée n'excéda pas trois minutes. C'était deux jours après que le TGV d'Onyx l'eut emportée vers l'Est, elle, ses ornements rouges, son Mac, son vœu, son terrible vœu. Il fit part à Rémus de sa déception. Une fois encore, la libre Lady C., à surveiller comme le lait sur le feu, lui avait faussé compagnie. Elle est allée voir Jill, mon cher, vous êtes au courant ? Non ? Et Jill l'a, comment dire, empoisonnée. On a retrouvé dans les selles de lady C. du laxatif pour jument, fortement dosé, un taux de contamination quarante fois supérieur à la normale, alors que mon épouse vient de souffler sa quarantième bougie. Un miracle que le fœtus ait tenu le choc. Vous comprenez, dans ces conditions, que si Jill ne pâtit pas illico d'un châtiment rien de moins que mémorable, je me verrais obligé de vous retirer ma confiance. On est d'accord ?

— On est quoi ?

Le président observait Rémus, ses mèches de paille, ses yeux bleus, l'air de s'en foutre, des vêtements avec lesquels il semblait dormir à travers les âges, cette cravate molle de pendaison, un homme aussi bien veuf que célibataire ou divorcé, qui ne serait jamais vieux et n'avait jamais été plus enfant qu'aujourd'hui, rêveur, capricieux, ne daignant se mêler à la vie réelle que pour la déjouer, se moquer d'un monde assez perdu pour s'agglomérer en troupeau.

— On est d'accord ?asséna le président.

— On est quoi ?

Penché en avant, sa tête chauve par-dessus l'abat-jour vert, le teint cadavérique, les manches de chemise quasi phosphorescentes, le président haïssait Rémus.

— Fais pas chier, marmonna-t-il.

Rémus laissa passer quelques secondes et, s'étant gonflé les joues, soupira : J'en ai marre de ces conneries...

Il déclina l'invitation à dîner en petit comité : le ministre de l'Intérieur et son épouse, l'ancien rugbyman Chaillan et Madame, David Khayat et Jocelyne, filleule de lady C., une comédienne en devenir. On mangerait une salade-eau-minérale en visionnant le match. Il tourna les talons, et fut avenue Foch.

Jill se doutait bien qu'il allait passer. Elle avait conservé les fruits déguisés dans un sac poubelle. On aurait dit qu'elle exhibait une arme sanglante ou le cadavre d'un chat.

— Anne-Marie ? fit-il soudain

— Je t'entends mal, amour... Approche-toi d'une fenêtre.

— Une fenêtre, bonne idée, grande ouverte avec vingt-cinq étages en-dessous... C'est toi qui devrais t'en approcher.

— Tu as parlé à ta femme ?

— On ne se parle plus.

Il rabattit son Black qui jouait *Life is life*, et, prenant Jill dans ses bras, lui fit danser un rock trébuchant, tourbillonnant, se heurtant au fauteuil, à la table basse, s'égosillant avec le chanteur. Il emmena sa cavalière improvisée sur la terrasse où tombait d'un ciel noir une ondée neigeuse, puis sur l'avenue, le Black ululant dans son imper, et il se fit déposer au Sélect avec cette fille en pantoufles et kimono. Ils dansèrent une bonne partie de la nuit à l'unisson des riverains venus fêter la rituelle arrivée du beaujolais.

Il neigeait à flocons serrés lorsqu'ils s'en retournèrent avenue Foch.

À cinq heures et demie du matin, Rémus s'endormait dans les draps roses de Jill pour se réveiller en sursaut moins d'une heure après. Au bout du lit, Jill buvait, l'air pensif ; il voyait osciller une étiquette, tisane ou thé.

— Je ronfle ?

— Vous pleurez.

— Ça ne serait pas toi, plutôt ?... Un homme ne pleure pas. Un homme retient ses larmes. Un homme comme moi, pleurer !

Il se toucha les yeux. Secs. Incapables d'un remords lavé à l'eau des pleurs.

Il n'était qu'à demi réveillé, à la fois présent dans les draps roses de Jill et dans les vingt-sept années d'une enfance que son père avait prolongées comme exprès, refusant d'être son père, tout simplement, refusant de le saluer dans la rue, à Brest ou Saint-Malo, refusant de parler à sa mère, ayant quitté la maison lorsqu'il avait dix ans, donnant l'impression qu'ils étaient deux inconnus, sa mère et lui, les plus inconnus et coriaces de tous, deux êtres insignifiants qu'on peut croiser chaque jour à l'aveugle, comme le souffle du vent qui vous fronce les sourcils, rue de Siam, et vous fait rappeler un âge d'or, un instant... De quoi se souvient-on, dans un rêve d'enfant ? La maison désemparée du Trez-Hir au bord de la rade, sa mère et ses Disques bleus, son whisky, sa DS en loque, ses mecs de passage, son amour impossible à réparer, le baiser du soir à sa mère...

Subitement il revit son rêve, inachevé comme tous les rêves et les souvenirs. Une lettre qu'il espérait depuis vingt-sept ans était arrivée. Son père lui disait qu'il était vieux et qu'il désirait le serrer dans ses bras. Rémus avait appelé son père : c'est moi, papa... Ce soir-là, il s'était couché sonné, oubliant le baiser rituel à sa mère, et le lendemain on la trouvait gisant sur le sol de sa chambre, yeux ouverts, défunte.

Et l'on s'étonne après ça qu'un flic puisse avoir les larmes aux yeux quand il s'endort avec un besoin d'expiation jamais satisfait. On fait méchamment sonnailler soucoupe et tasse à thé pour le réveiller et lui jeter au visage : vous pleurez !

— Je serais toi, dit Rémus, je ficherais le camp.

— Pourquoi je m'en irais ?

— Ce sont des hommes d'affaires, ils ignorent la pitié.

— Les flics, des hommes d'affaires ?

— Quels flics ?... Des hommes d'affaires, ni plus ni moins. Ils traitent les affaires, je les conclus.

— C'est pas moi, les photos.

— C'est Lady C., cherche pas. Elle espionne son mari. Mais c'est toi quand même... Tu couches avec lui, non ? Fais ton sac, tire-toi, et n'oublie pas ton passeport.

Il partit réveiller Bruno qui somnolait le front sur le volant : on y va, direction la caserne. Aussitôt démarré, il eut mal aux cheveux, appela Frank, écouta barrir l'éléphant du message d'accueil, laissa pour consigne de rappeler dans la minute. Et la minute ne s'était pas écoulée que le fermier des Agriates lui suggérait de les rejoindre au bar de l'Étoile, en haut de l'avenue Foch, où le président leur offrait la soirée, à ses amis et à lui, bar et filles à discrétion. Le président ne pouvait se permettre que les filles *à discrétion*, Rémus...

— C'est le contrat, Rémus, la discrétion.

— Mais encore ?

— Discrétion, le maître mot.

Il coupa net la conversation pour appeler Jill qui déclara : « Hum, je suis heureuse de vous entendre, Monsieur. Il y a trop longtemps, vous m'avez manqué... » Ce n'était que la voix séraphique de Jill, une invitation à s'épancher, après la note bleue spécialement choisie pour titiller le sang des messieurs. Il rappela dix fois, sans succès.

— C'est la merde, dit-il à Bruno. Avenue Foch !

Lumières tamisées au studio de Jill, les objets semblaient nager entre les eaux d'un miroir laqué rose épousant vaguement leurs reflets sur le parquet blanc. Il revit sa mère gisant dans une mare de whisky, la main gauche étreignant la moitié d'un gros verre cassé en deux morceaux réguliers. Il se doutait que Jill aurait disparu, tout comme avaient disparu la soucoupe et la tasse, le sac de fruits déguisés, l'ordinateur ; il se doutait que le lit bien bordé paraîtrait sorti des mains d'une fée du logis.

Une enveloppe à son nom sur la table de la cuisine, scotchée par quatre rubans.

Vous aviez raison. Des amis m'invitent à passer du temps sur leur yacht en Birmanie. C'est une région à pirates, là-bas, mais il y a des vigiles à bord, je suppose que vous les connaissez tous. Je ne manquerai pas de vous envoyer des photos. J'espère que ce mot vous parviendra. Je n'en suis pas sûre. À bientôt quand même.

J.
la fille à discrétion

Il appela Frank et l'agonit d'injures.

Pavillonjacquard@hotmail.fr – OK pour différer l'intervention si la fille est d'accord. Besoin autorisation. Rémission 70 %.

Il maila vers Onyx : Ta mère garde son sein.

Rentré à la caserne, il s'effondra tout habillé sur son canapé. Il était au bout du rouleau. Il ne savait plus ce qu'il attendait ou feignait d'espérer. Il fermait les yeux, les rouvrait, consultait indéfiniment son Iphone, jouait avec les fonctions, changeait les sonneries, écoutait la voix du gamin disparu, regardait sa photo, ce beau visage aux yeux d'ombre. De Myriana il n'avait aucune photo. Peut-être en effet pleurait-il, dans son sommeil. Peut-être qu'il hurlait. Myriana, Popeye, Élyane, Anne-Marie, lui, ce corps fourbu, cet infatigable corps, nourri par les heures, achevé par les heures, sujet à tous les maux, tous les espoirs, tous les désirs, tôt ou tard destiné à n'être plus. De quoi sa vie était-elle ? Tu te voulais insituable, Rémus, et tu ne sais plus où tu es, tu trouves insignifiant de coucher avec d'autres femmes que la tienne, de jouir ailleurs. Tu dis que sa jalousie est antérieure à la trahison, l'irrémédiable trahison dont pas un couple ne renaît innocent. Tu dis à Frank ton cauchemar d'époux modèle, de petit saint... Gaz, couteau, fenêtre, elle ne t'épargne aucun suicide, aucun désespoir...

En vérité, c'était lui, depuis l'Afghanistan, qui déconstruisait l'histoire d'Élyane et Rémus comme on déconstruit les vieux bateaux. Les corps mouvants d'Élyane et Rémus, éternisant chacun des instants que le désir multiplie, c'était lui qui les avait désunis par ses mensonges. Élyane aurait pu l'aimer toujours s'il n'était pas sorti du jeu. La première fois, il trompe sa femme avec la guerre, il trompe son amour avec la mort, et la fois d'après c'est avec Myriana. Il accusait Élyane, mais c'était sa faute à lui si Popeye était monté dans l'auto noire, une glace à la main ; sa faute à lui si la mer avait failli les avaler tous trois, sous le regard ébahi du soleil.

Il se fit une omelette, la mangea debout sous la lucarne en regardant les étoiles d'hiver. Les étoiles aussi le regardaient ; son enfance le regardait par les yeux des étoiles. On revit toujours cet âge primitif où l'on se croit bon dans un monde hostile, où toute guerre vient des autres. À la maison Surcouf, il aimait croiser le regard des étoiles et ce spectacle doux et vertigineux l'aidait à s'endormir. En rêve, il s'imaginait canotant d'une île à l'autre, là-haut, parmi cet archipel d'univers morts ou vifs, à la rencontre d'Ulysse, de Malbrouck ou du roi Renaud. À la rencontre d'une inconnue qu'il reconnaîtrait.

Lui revint en mémoire un poème évoquant un nouveau-né tombé d'un clair de lune un soir de givre. Sa mère l'avait appris, enfant, d'une arrière-grand-mère, et le récitait par cœur avec la voix du marchand de sable, ou de la marchande, il s'endormait en écoutant ces mots : *Tu n'as chemise ou drap pour te vêtir, tu n'as de feu que la peau sur les os, et d'or à toi que sous la belle étoile, petit garçon tu viens bien pauvrement...*

Qu'un enfant si léger – lui-même – devienne ce justicier pour qui tout semblable a d'amers secrets sur le cœur, prouvait bien qu'il avait changé sinon vieilli, se dédoublant dans un personnage auquel il ne trouvait à l'instant même aucune excuse.

Il jeta la poêle dans l'évier, enfila un blouson et partit bâtiment C, voir Élyane. Il fut à son ancien domicile, sonna chez lui, entendit le timbre retentir dans l'appartement. Après quelques instants il fouilla ses poches et mit la main sur une feuille de papier griffonnée par Popeye. Il écrivit au stylo bille, entre deux lignes noires : « Je m'en vais », puis glissa la feuille sous la porte et descendit l'escalier.

29.

D'Onyx Rémus ne s'était jamais dit qu'il aimerait la tenir dans ses bras ni qu'elle sentait bon. Un an plus tard il aurait d'elle un fils, et deux ans plus tard une fille, il saurait tout du vœu fatal dont lui seul, affirmait-elle, pouvait la délivrer. Il découvrirait au fil des saisons que l'amour n'est pas ce vain secret dont la clé d'or luit au cou des princesses dans les contes et légendes : le livre refermé, l'amour est cruel, l'amour trompeur, l'amour dit qu'il ment pour sauver l'amour, l'amour va voir là-bas si j'y suis, l'amour s'ennuie, l'amour prétend qu'il n'a jamais aimé, jette au feu les serments passés. Un tel amour ne saurait être l'amour, et le secret d'un couple harmonieux ne franchit jamais le cercle magique où, s'aimant loin du monde, ils ne font plus qu'un, une seule chair, un seul désir, que le temps passe ou non.

À quarante-cinq ans, Rémus se croyait blasé. Aimer, c'était jouir, jouir des sens. L'âme n'existait pas.

Le 4 décembre 2013, à J moins 12 du procès Paneurox, il travaillait dans sa chambre au cercle naval de

Brest quand un mail d'Onyx éclaira l'écran du Mac. Il était trois heures quarante-cinq GMT... « *Q 769* demain cinq décembre. » Il en fallait beaucoup pour l'étonner, mais ces mots lui glacèrent les sangs. Il venait à Brest superviser les derniers préparatifs du plan Tigre, à savoir le remorquage du porte-avions *Gallieni*, les Anglais enfin d'accord pour l'emmener et le « déchirer » conformément au plan français. Six personnes étroitement surveillées, sept avec Rémus, avaient connaissance du transfert. Le 5 décembre, au lever du soleil, attelé à quatre remorqueurs mouillés devant Morgat, le bateau serait tiré au large du rail d'Ouessant et, là-bas, remis aux autorités britanniques venues avec un remorqueur et deux avisos. Les médias n'auraient plus qu'à ricaner, s'indigner, crier au gaspillage, au complot, et Greenpeace à cracher son vert venin sur ce qu'il taxerait de mensonge d'État. Sempiternel blabla écolo.

... Au fin fond d'un abattoir lorrain, Onyx avait eu vent d'une mission que l'amiral Billot lui-même, préfet maritime à Brest pour la Force atlantique, ne connaîtrait dans son principe qu'à douze heures GMT, quand Rémus l'en informerait par mail en ces termes lapidaires : « Au nom du président de la République, je vous signale que le matériel militaire *Q 769* quittera lundi cinq décembre 2013 au lever du soleil le port du Ponant afin d'être transféré dans une zone de démantèlement. Ce soir à vingt-quatre heures GMT vous seront communiqués les détails de l'opération. Prière de renforcer la sécurité aux abords de l'arsenal, et dans l'arsenal, notamment à l'entrée du quai des grands navires où *Q 769* est stationné. »

Rémus prit quelques instants pour contempler le ciel rose et gris, prêt, semblait-il, au crachin comme aux rayons du soleil. La marée, pensa-t-il, la marée passe à travers les nuages ou plutôt la force lunisolaire de l'ouest, et de belles éclaircies sont à prévoir selon la météo. Il entendit alors le tapotement sec de l'ongle maternel sur le baromètre du vestibule, jadis, à Saint-Malo, les jours où la maison leur faisait l'effet d'un navire en détresse, avec du vent plein les murs et des flaques d'eau tremblotant sous les fenêtres déglinguées.

Il se frotta les yeux. Ordre du jour : réceptionner les Chats maigres à l'arsenal, s'installer sur le bateau, le sécuriser contre l'intrusion des *Peace and love* qui feraient tout pour monter à bord. Une fuite avait eu lieu, le tam tam bio devait battre son plein dans les gaz rares de l'atmosphère, là où les satellites font assaut d'octets en direction des Life box de la planète Terre.

Il attrapa son Iphone, crut appeler Onyx, et ce fut le message d'Élyane qu'il eut à l'oreille. Il ne trouva rien à dire, rien, il resta muet sans raccrocher, malheureux pour elle de l'avoir quittée, soulagé pour lui, délivré, rongé par une espèce de remords bien catholique, stupide, stérile, imprégné de pitié, comme si la pitié réparait les couples haineux, comme si la pitié faisait un bon mari, un bon père, et comme si la pitié, quand on aime l'amour, ne rognait pas les ailes au désir. Fin d'appel. Il y avait une semaine qu'il avait écrit sur la feuille de cahier : Je m'en vais.

Il maila : « *Quo vadis* » à l'attention d'Onyx, le mot codé pour savoir où elle en était, dans quel caniveau elle gisait.

Il la bipa.

Il l'appela, enfreignant la règle fixée au départ, et la jolie voix presque enfantine d'Onyx promit qu'elle rappellerait tôt ou tard.

Il était 5h 53, et dans huit minutes Frank estimerait le *big boss* en retard sur le fuseau convenu s'il ne rejoignait pas le car banalisé des Chats maigres, porte Caffarelli, à l'entrée nord de l'arsenal de Brest.

Il maila : « j'attends » à l'intention d'Onyx, et durant toute une minute il attendit en surveillant son Iphone, et par la fenêtre obscure se voyait à l'autre bout des ténèbres, dans la pleine nuit, comme une apparition. Il baissa les yeux, pas fier de lui. Réduit une fois encore à se demander où ranger le type qu'il était, dans la catégorie des hommes de bien ou des charlatans. Le jour se lèverait sans qu'il se fût couché ni même déshabillé.

Venue de quelque part, une odeur de café lui chatouilla les narines.

« Grasse matinée ?... » maila Frank. Il était 6 heures et trois minutes.

Rémus descendit payer, signa sa fiche d'observateur danois travaillant à la conception des abris nucléaires, et quitta le cercle naval.

En arrivant porte Caffarelli, il se donnait une heure pour avertir l'Élysée qu'il y avait lieu d'ajourner le transfert du bateau.

— La petite est au courant, dit-il à Frank.

— Ça veut dire que ton viandard sait tout. Il te tient par les couilles. C'est comme s'il avait déjà gagné son procès.

Le car longeait le quai de l'escadre atlantique plongée dans l'obscurité. Les feux de mouillage luisaient.

— Il va foutre la merde.

— Une bonne presse locale, bien indépendante, te fera sauter le gouvernement ; avec l'arnaque au désamiantage, on va crouler sous les témoins.

— Paneurox va sauter aussi.

— Le président voudra s'arranger avec ce connard... Ce seront les abattoirs réhabilités publiquement, dédommagés, et toi livré en pâture au public, toi déshonoré, contre le silence à propos du *Gall'*...

— Qu'est-ce qu'il peut savoir ?

— Tout le monde sait quels élus ont croqué l'argent du boulot jamais effectué... Tout le monde le sait, tout le monde a peur. Martinat n'a plus rien à perdre, il va balancer.

— Ça veut dire qu'il n'est pour rien dans la disparition du gamin. Dans le cas contraire, il m'aurait depuis longtemps proposé un accord.

— Oublie Popeye, dit Frank. Il est mort, à l'heure qu'il est. Ils l'ont sacrifié. Tu sais très bien que dans nos jobs on a tort de s'attacher... C'est quoi, ça ?

Il montrait sur le bord de la route un amas de rouille que les phares venaient brièvement d'illuminer.

— Les vestiges du *Bugaled Breizh*, un chalutier coulé en 2005 sans motif apparent. Beaucoup pensent qu'un sous-marin anglais s'est pris dans ses filets. Tu connais la Grande Muette...

— C'est comme ton Popeye, on ne saura jamais qui l'a tué.

— On ne l'a pas tué.

— Eh bien, dis-toi qu'il est mort, ça te soulagera. Oublie-le, Rémus, on est payé pour oublier ce qu'on voit, ce qu'on vit. On est payé pour agir et pour oublier.

— Eh bien moi, je n'oublie rien.

Surgissant dans la nuit venteuse, entre le feu vert du môle et les éclats blancs du phare du Minou, le *Gallieni* déploya son ombre géante le long du quai. Un piquet de gendarmes barrait l'accès au navire, et l'on apercevait les feux dansants d'au moins quatre vedettes sillonnant les eaux noires.

— C'est l'enfance de l'art, les gars, dit Rémus quand ils furent montés à la passerelle et qu'on eut allumé les radiateurs à gaz. On a deux jours et deux nuits à passer à bord. Dès qu'un ULM ou qu'un petit homme vert radine sa fraise, on lui tire dessus comme on a toujours fait. Vous connaissez le bateau... Je veux une ronde continue avec deux hommes en permanence aux deux coupées...

Il était installé de nouveau dans le fauteuil pivotant du pacha, comme il l'était la première fois qu'il avait respiré le parfum d'Onyx, sans penser qu'il respirait l'odeur de la femme qu'il allait aimer, ne soupçonnant pas qu'il fût possible d'aimer avec ce naturel un autre humain. « Je m'en vais. » Il avait réussi à dire je m'en vais, à quitter Élyane, il était lui-même, enfin. Mais de quoi fait-on grief à sa propre mémoire pour vivre l'amour comme un châtiment ?

Il dormit au plus une dizaine de minutes, mais à son réveil il aurait pu jurer qu'il revenait d'une enfance étalée sur des temps immémoriaux. À l'origine, il s'appelait Loïc et non Rémus. C'était son nom d'enfant, le nom donné par ses parents. Loïc il allait sur les grèves, Loïc il se baignait à Paramé, marchait et courait contre le vent, Loïc il embrassait les filles à la sauvette, et Loïc il avait aimé son premier amour, Liliane, quinze ans, boulangère, un soir de Pardon. Il n'aurait jamais dû toucher à son nom, se vouloir un autre, on n'est personne habillé d'un pseudo.

Couleur de fumée, le crépuscule envahissait la rade en lentes bouffées qui s'épaississaient autour du *Gallieni*. L'arsenal renaissait, les sonneries grimpaient vers le ciel, les premiers transbordeurs se croisaient à la sortie du port, amenant les équipages et, dans cette aurore ignorée du vent, deux courtes ombres massives se détachèrent au fond du goulet.

— Les remorqueurs, annonça Frank en reposant les jumelles. Ça veut dire que les rosbifs sont au rendez-vous au nord d'Ouessant. Ça veut dire que la Défense contrôle tout... On réveille Rémus.

— C'est ça, réveille-moi ! fit Rémus qui gambergeait, les yeux fermés, sur le fauteuil. Demande-moi si je conseille à l'Élysée d'oser un incident diplomatique majeur en refusant la remorque anglaise.

— Commence par demander au préfet de renvoyer les remorqueurs.

— Les remorqueurs..., bougonna Rémus à moitié conscient. Il faillit lancer : démerdez-vous ! Et de refermer les yeux.

— Frank, dit-il, le cœur battant. Onyx a mailé cette nuit et depuis, rien. Pas un mail, pas un message, rien. Tu sais pourquoi ?

— Elle ne peut pas appeler.

— Elle est tombée sur un os, affirmatif. La végétarienne est tombée sur un os. Elle maile à trois heures du matin : *Q 769*, et moi je m'en bats les oreilles ?... Frank, je suis un âne, un sinistre guignol !... Trouve-moi le préfet, on dégage les remorqueurs, on fouille le bateau !

— Il n'y a plus un gramme d'électricité à bord, c'est la nuit noire... On cherche quoi, d'ailleurs ?

— Elle a mailé : « *Q 769*, demain matin », pauvre tache ! Si ça, c'est pas un rendez-vous précis !

La première fois qu'ils s'étaient vus, Onyx et lui, c'était en pleine mer sur ce *Gallieni* voué à la déconstruction. Irréelle, la vision de cette fille aux cheveux rouges en bataille, aux yeux bleus, dans le pinceau brutal de sa torche halogène. Il s'était dit : c'est qui, ce clown, cette évaporée, et n'avait pourtant jamais oublié son parfum ni le souffle de sa bouche après qu'elle eut gémi dans son sommeil : J'ai toujours eu peur de la nuit.

Ce fut lui qui la trouva, elle qui sema les miettes invisibles qu'il ramassa pour la trouver. Il descendit à l'infirmerie du bord, comme la première fois qu'ils s'étaient vus. Mêmes lits superposés à balancier, même rouille tapissant les parois, les objets, même silence et même odeur confinée, même sentiment lugubre d'un abandon sans violence ou d'un vacarme suffoqué, latent, uniquement dû à la nature des choses, à l'impulsion naturelle du temps qui met fin aux étoiles, au feu tout-puissant des soleils, à la rumeur de tous les blancs-becs ivres de leur enfance éternelle, à la sortie des boîtes, la nuit et partout.

C'eût été trop beau, pensa-t-il à voix haute, sans découragement. Sa torche éclairait une flèche et des mots peints en rouge à l'entrée d'une large coursive :

HANGAR AUX AVIONS.

Il suivit la coursive, atteignit l'immense caverne d'acier vide et s'imagina les avions rangés côte à côte, perfides et pimpants, immobiles avec leur taille de guêpe, leurs grêles entrailles de tueurs bichonnés jour et nuit par les mécanos. Il revint sur ses pas, franchit un hall, et l'odeur de rouille épousa l'effluve incarné d'un souvenir. Il s'arrêta net, flaira, éclaira la tôle autour de lui et lut, au-dessus d'un battant gris aveugle luisant d'humidité, comme neuf : ASCENSEUR DE L'AMIRAL. Il ne parvint pas à l'ouvrir. Il cria sans qu'on lui réponde, et sa propre voix lui perça les tympans. Il appela Frank et dit : Ramène-toi, préviens les gars ! Du verre criait sous ses bottes, les éclats d'une mini-bouteille de parfum d'où s'élevait en orbes alanguies le chant d'amour d'Onyx envers lui, le plus borné des amoureux, le plus inhabile à déchiffrer le rébus de ses propres sentiments.

Épilogue

Voilà, dit Rémus à Marc, le fils d'Élyane, son fils, je ne t'ai rien caché. Ta mère et moi nous étions faits pour avoir un enfant, non pour vivre ensemble. J'ai la conviction que tout événement qui nous advient n'est jamais le fruit du hasard, mais comporte un sens et représente à un moment donné la clé du mystère, la vérité, il faut l'attraper. Ce n'est pas un hasard si Popeye s'est fait enlever, cet après-midi-là, si ta mère a nagé vers l'ouest, si je suis allé vers Onyx entre-temps, si les histoires que nous vivons se rejoignent et se lient comme une mythologie. Celle-ci finit plutôt bien, crois-moi. Anne-Marie flâne à la plage, elle voit Popeye creuser ses tunnels et lui dit : Viens Popeye, et l'emmène à bord du *Gallieni* pour me jouer un vilain tour, en punition des rendez-vous manqués au Trez-Hir. Le vilain tour se fait enlèvement quand elle confie l'enfant à John, le capitaine du *Vegan's*, l'ancien copain d'Onyx, installé clandestinement à bord en attendant le transfert du bateau. L'enlèvement tourne au trafic humain quand Martinat cherche à récupérer Popeye à tout prix, imaginant faire pression sur moi, l'incorruptible témoin, avant l'issue du procès Paneurox. Et tu vois la vie, Marc, tu vois comme elle est, il suffit d'une toute petite vérité, parfois, pour qu'elle bascule en bien ou en mal. Que j'aie eu le nez bouché, dans les entrailles du porte-avions, imagine un peu. Que l'amie d'Onyx au Monoprix ne lui ait pas offert cet échantillon d'élixir, et c'était fichu pour le rendez-vous. Ils seraient morts asphyxiés dans l'ascenseur, Onyx et Popeye, et des mois plus tard, quelque Sri-lankais du chantier britannique aurait extrait les corps sans vie, attiré par l'odeur. Un rien nous sauve, un rien nous tue, nous achève, nous ressuscite... C'est ça, la gloire, fiston, les miettes inspirées du hasard, la gloire du petit poucet.

Yann Queffélec
dans Le Livre de Poche

Les Affamés n° 30800

« *Les Affamés* sont tous ceux que je fus ou m'imaginais devenir autrefois – gosses rêveurs, menteurs, casse-cou, voyeurs, adolescents violents, trouillards, généreux –, trop seuls pour avoir quelque chose à donner ou trop avides pour être attirants. Ils n'obéissent qu'aux lois du désir, ne cherchent que l'amour, la proie, tour à tour innocents, pervers, dépravés. » Y. Q.

L'Amante n° 31128

Paris, 1969. Marc a dix-huit ans. Il vient de perdre sa mère. Il passe le bac, partagé entre la douleur et la passion qu'il éprouve pour Alba, une jeune infirmière qu'il épie dans l'immeuble qui fait face au sien. Le deuil va faire de ce jeune homme inachevé un amoureux chronique.

L'amour est fou n° 31243

Aline a quarante-deux ans, Marc, vingt-cinq, ils s'aiment, veulent un enfant. Lui-même est encore un enfant pour qui l'avenir n'est qu'un jeu virtuel. Alba, son ancienne petite amie, est la fille d'Aline. Elle a disparu depuis cinq ans. Elle appelle un matin. Tu m'as manqué, dit-elle. L'amour est fou.

La Dégustation   n° 31046

Michel croit encore à l'amour et à son pouvoir de transfiguration quand, à cinquante ans, il épouse Ioura, vingt ans. Il a un secret, mais elle aussi.

Ma première femme   n° 30837

Un homme revient sur son enfance, ses souvenirs, sa mère, à qui il doit de tant aimer la vie…

Mineure   n° 32008

Qu'est-ce que le désir aux abords de l'âge mûr, lorsqu'on est courtisé par une jeune fille ? Sibylle, treize ans, déploie toutes les ruses de la séduction féminine, et pousse Michel, cinquante-cinq ans, dans ses derniers retranchements…

Moi et toi   n° 30568

Il est amoureux mais incapable d'aimer. Elle fait monter la pression atmosphérique, elle rend l'air suffocant. Il revient de loin, ce couple modèle, et qui sait par quel aveuglement il se croit né sous le signe du grand amour…

Autres ouvrages

BELA BARTOK, biographie, Mazarine, 1981 ;
édition revue et corrigée, Stock, 1993.
LE POISSON QUI RENIFLE, livre pour enfants,
Nathan, 1994.
LE PINGOUIN MÉGALOMANE, livre pour enfants,
Nathan, 1994.
LE SOLEIL SE LÈVE À L'OUEST, beau livre, photographies
de Jean-Marc Durou, Laffont, 1994.
HORIZONS, beau livre, photographies de Philip Plisson,
Le Chêne, 1996.
TOI, L'HORIZON, beau livre, Cercle d'art, 1999.
IDOLES, beau livre, peintures de Jeanne Champion,
Cercle d'art, 2002.
LA MER, beau livre, photographies de Philip Plisson,
La Martinière, 2002.
TENDRE EST LA MER, La Martinière, 2006.
PASSIONS CRIMINELLES, avec Mireille Dumas,
Fayard, 2008.
TABARLY, L'Archipel, 2008.
ADIEU BUGALED BREIZH, Rocher, 2009.
LE PIANO DE MA MÈRE, L'Archipel, 2010.
LES OUBLIÉS DU VENT, Rocher, 2010.

Composition réalisée par NORD COMPO

Achevé d'imprimer en juin 2011, en France sur Presse Offset par
Maury-Imprimeur - 45330 Malesherbes
N° d'imprimeur : 164934
Dépôt légal 1re publication : juillet 2011
Librairie Générale Française - 31, rue de Fleurus - 75278 Paris Cedex 06